Kaikki BDSM

Alistuva Nainen Kokki - Trilogia

Erika Sanders

Kaikki BDSM
Alistuva Nainen Kokki -Trilogia
Erika Sanders

Kaikki BDSM

Tiivistelmä

Se koostuu seuraavista romaaneista:
Alistuva Nainen Kokki 1
Alistuva Nainen Kokki 2
Alistuva Nainen Kokki 3

Kaikki BDSM on romaani, jolla on vahva BDSM-eroottinen sisältö, ja puolestaan uusi romaani, joka kuuluu **Eroottinen Dominointi ja Alistuminen**, sarja romaaneja, joissa on korkea romanttinen ja eroottinen BDSM-sisältö.

(Kaikki hahmot ovat vähintään 18-vuotiaita)

Huomautus kirjoittajalle:

Erika Sanders on kansainvälisesti tunnettu, yli kahdellekymmenelle kielelle käännetty kirjailija, joka allekirjoittaa eroottisimmat kirjoituksensa, kaukana tavallisesta proosastaan, tyttönimellään.

Indeksi:

KAIKKI BDSM ALISTUVA NAINEN KOKKI -TRILOGIA

ERIKA SANDERS

ALISTUVA NAINEN KOKKI

13

KESKINÄINEN SUOSTUMUS

LUKU 1

Kirje oli siunaus.

Hän pystyi tuskin pidättelemään kyyneleitä.

Cristina oli juuri lopettanut kulinaariset opinnot ja hänen uusi catering-liiketoimintansa alkoi kivikkoilla.

Hän seisoi pienessä asunnossaan ja katseli jokaista käsinkirjoitetun kirjeen sanaa.

Rakas cristina,

Toivottavasti tämä kirje tavoittaa sinut. Anteeksi, mutta en käytä sähköpostia. Ja en yleensä pidä puheluista. Olen poissa muodista.

Olen äitisi tuttu. Tapasimme lyhyesti yhteisen ystävän juhlissa useita viikkoja sitten. Äitisi mainitsi huolettomasti catering-yrityksesi useita kertoja. Mietin sitä ja se kuulostaa mielenkiintoiselta. En ole koskaan aiemmin palkannut pitopalvelua.

Jos olet kiinnostunut uudesta asiakkaasta, ota yhteyttä, niin voimme sopia. Olen kauhea kokki. Ja kuulin, että olet erittäin hyvä.

Onnea ja menestystä yrityksellesi,

Paul

Lopulta hän ajatteli. Onni alkoi tulla hänen tielleen.

LUKU 2

Viikkoa myöhemmin.

Cristina ajoi rikkaan kaupunginosan läpi kolatulla vanhalla autollaan.

Hän selvästi herätti huomiota, mutta hän ei välittänyt.

Olin iloinen saadessani olla tässä naapurustossa mahdollisen työpaikan takia.

Hän pysäköi sisäänkäynnin hänelle ilmoitettuun osoitteeseen.

Minulla ei ollut aavistustakaan, miltä Paul näytti.

Heidän ainoa todellinen vuorovaikutuksensa oli lyhyt puhelu kokouksen järjestämiseksi.

Christina koputti oveen.

Vanhempi musta nainen vastasi.

Naisella oli yllään piikaasu.

Nainen pysyi oudon hiljaa, kun he katsoivat toisiaan.

"Hei", Cristina sanoi hankalasti. "Olen täällä tapaamassa Paulia."

Vanha musta nainen nyökkäsi.

"Tule tänne."

Cristina astui sisään ja piika sulki oven.

Piika johdatti hänet ylös melko suuren talon portaita pitkin.

Cristina katsoi ympärilleen kateuden täyteisin silmin.

Kaikki oli vanhaa, tummaa ja maalaismaista.

Antiikkia oli kaikkialla.

Seinillä oli esillä klassisia maalauksia.

He tulivat käytävälle , ja piika avasi oven koputettuaan ensin.

Cristina astui sisään, sitten piika lähti.

Se oli toimistohuone.

Paul istui pöytänsä takana työskennellen.

Hän oli 40-vuotias komea mies.

Hänen kasvoillaan oli kivimäinen ilme, jota oli mahdoton lukea.

Hänen kasvonsa olivat täydelliset pokeriin.

Hänen kasvonsa pysyivät ilmeettömänä.

"Olkaa hyvä ja istukaa", hän sanoi.

Cristinaa pelotti hänen läsnäolonsa ja hänen oma yrityskokemuksensa puute.

Hän ei ollut koskaan aiemmin tehnyt sopimusta.

Hän istui pöytänsä ääreen.

"Sinun täytyy olla uusi tällä alalla", hän sanoi.

"Miksi sanot noin?"

"Tunsin hermostuneisuutesi, kun tulit sisään. Sinun pitäisi yrittää rentoutua. Älä huoli, olen täällä auttamassa sinua kaikessa mitä tarvitset."

Hän hymyili kiusallisesti.

"Pidän sen mielessäni."

"Okei. Kerro nyt catering-yrityksestäsi."

"No, se on vielä melko uusi", hän sanoi pohdittuaan sitä hetken. "Voin valmistaa ateriat juuri sinun mieltymystesi mukaan. Jos tarvitset tarjoilua juhliin, voin palkata lisää ihmisiä. Minulla on paljon ystäviä kulinaarisesta koulusta."

"Se ei ole tarpeen. Työskentelet mieluummin yksin. Ongelmia on vähemmän."

Christina nyökkäsi päätään.

"Luulen, että asut yksin ja haluat minun valmistavan ateriasi."

"Erittäin taitava."

"Oliko sinulla mielessäsi tietty sopimus?"

"Se riippuu", Paul vastasi. "Oletko kiireinen? Onko sinulla kiire?"

Hän hymyili hänelle nolostuneena.

"Päinvastoin. Olet ensimmäinen todellinen asiakkaani. Olen tehnyt pieniä asioita siellä täällä. Lähinnä äitini ystäville, jotka tekivät minulle palveluksen."

"Haluatko ilmaisia yritysneuvoja? Älä koskaan paljasta heikkoutta. Ei kuulosta hyvältä."

"Voi tottakai. Muistan."

"Mitä tulee sopimukseen", Paul vastasi. "Voisitko valmistaa minulle aterioita? Lounas ja päivällinen."

"Toki. Se ei ole ongelma."

"Erinomainen. Haluaisin, että ateriat toimitetaan kotiini klo 11.30. Maanantaista perjantaihin."

"Tietenkin", hän myöntyi.

"Tämä sopimus kestää ainakin seuraavat useita kuukausia. Kummallakin meistä on mahdollisuus irtisanoa sopimus milloin tahansa. Ymmärsitkö?"

"Kyllä minä ymmärrän."

"Erinomainen."

"Onko sinulla ruokatottumuksia?" Christina kysyi. "Erikoisuuksiani ovat ranska, italia ja Aasian eri tyylit..."

Hän pudisti päätään.

"Sillä ei ole väliä. Tuo hänet vain ajoissa."

"Hyvin."

"Keskustellaan nyt numeroista. Miltä 100 dollaria päivässä kuulostaa sinusta? Onko se reilua?"

Christinan silmät laajenivat.

Työ ja tarjottu määrä olivat paljon enemmän kuin hän odotti.

Hän tajusi, että hänen on täytynyt näyttää typerältä koiranpentuilme naamallaan, joten hän palasi malttinsa.

"Se kuulostaa järkevältä", hän vastasi rauhallisesti. "Kyllä se on hyvä."

"Joten asia on ratkaistu. Voitko aloittaa huomenna?"

"Ei hätää. Mutta oletko varma, ettet halua kokeilla ruoanlaittoani ensin?"

"Rehellisesti sanottuna en välitä siitä, miltä ruoka maistuu. Kävit kulinaarista koulua. Se riittää minulle. En halua huolehtia ruoasta työskennellessäni."

Christina nyökkäsi päätään.

"Okei. Ymmärrän. Saanko kysyä mitä teet? Talosi on kaunis. Rakastan maalaismaista tunnelmaa."

"Olen tehnyt monia asioita elämässäni. Olen nykyään taidekauppias. Kaupan myös harvinaisia antiikkiesineitä. Tällä hetkellä keskityn kirjoittamiseeni."

"Mitä kirjoitat?" hän kysyi.

"Muutama muistelma. En väitä olevani joku kuuluisa tai tärkeä. Mutta minulla on joitain tarinoita kerrottavana. Olisi sääli, jos kukaan ei kuulisi niitä. Työskentelen myös joidenkin kaunokirjallisuuden parissa."

"Oh, kuulostaa mielenkiintoiselta. Ehkä voin lukea ne joku päivä. Rakastan elämäkertojen ja muistelmien lukemista."

Paul hymyili kevyesti.

"En usko, että olet kiinnostunut."

"Miksi ei?"

"Se on olettamus. Mutta kuka tietää? Joskus olen väärässä näiden asioiden suhteen."

"Okei", Cristina nyökkäsi kiusallisesti.

Paul nousi ja käveli kohti Cristinaa.

Hänkin ymmärsi ja nousi seisomaan.

Paul oli melkein jalka häntä pidempi.

Hänen ruumiinsa kohosi Cristinan hoikan ja siron vartalon yläpuolelle.

Hän ojensi kätensä ja he kättelivät.

"Meillä on virallinen sopimus", hän sanoi. "Odotan ensimmäistä aterioita huomenna klo 11.30 aamulla. Älä myöhästy. En siedä tottelemattomuutta."

Hän nielaisi.

"Kyllä herra."

LUKU 3

Cristina oli edelleen vaikuttunut tapaamisesta Paulin kanssa.

Hän makasi sängylle ja katsoi kattoon.

Tarjous vaikutti liian hyvältä ollakseen totta.

Se oli melkein uskomatonta.

Mutta hän pelkäsi, että se oli ollut julma vitsi, hän ajatteli.

Hän otti puhelimensa ja soitti äidilleen.

Hänen äitinsä vastasi aina hänen puheluihinsa muutamalla soitolla.

Kun hän vastasi puhelimeen, Cristina ei tuhlannut aikaa selittääkseen hänelle kaiken.

Yhtään yksityiskohtaa ei säästelty.

Cristina kertoi äidilleen kaiken tarjouksesta ja kaikista tunteista, joita hänellä oli, kun hän tapasi Paulin.

"Se on upeaa", äiti vastasi.

"Tiedän. Se on hullua, eikö? Mutta en usko mitään tästä ennen kuin rahasi ovat kädessäni. Siihen asti kuvittelen pahinta."

"Keskity positiivisiin ajatuksiin, Cristina. Yrityksesi on vihdoin nousussa."

"Toivon niin. Tarkoitan, 100 dollaria päivässä kahdesta ateriasta? Vaikka hän irtisanoisi minut ensi viikolla, olen silti iloinen, että tein niin paljon rahaa."

"En olisi siitä huolissani."

"Mitä tarkoitat?" Christina kysyi.

"Ilmeisesti Paulilla on hyvät taloudelliset varat."

"Huomasin. Hänen talonsa oli kuin museo."

"Siinä se on. Sinun ei tarvitse huolehtia hänen taloutensa loppumisesta. Pidä hänet vain tyytyväisenä loistavilla aterioilla, erinomaisella palvelulla ja älä myöhästy."

"Mitä sinä tiedät siitä miehestä?" Cristina kysyi vakavammalla äänellä. "Näyttää vähän oudolta, eikö?"

Hänen äitinsä mietti hetken.

"Ihan tapaan. Tapasin hänet vain kerran juhlissa. Hän on erittäin älykäs kaveri. Ei paskaa. Suoraan."

"Se on ehdottomasti hän", Cristina vitsaili.

"Älä kuitenkaan aliarvioi häntä. Hän on ilmeisesti hurmuri naisten kanssa."

"Todella?"

"Se on mitä olen kuullut. Varmista, että pysyt kaukana hänen vastustamattomasta viehätysvoimastaan", hän vitsaili.

"Hyvin hauska", vastasi Cristina. "Ei kuitenkaan todellakaan minun tyyppiäni. Liian vanha. Ja liian tylsä."

"Olen iloinen, että yrityksesi on lähtenyt hyvin käyntiin."

"Katsotaan."

"Keskity positiivisiin ajatuksiin, Cristina."

LUKU 4

Viikot kuluivat.

Cristina oli valmistanut Paulille jo kymmeniä aterioita.

Ja hän oli ansainnut tuhansia dollareita sinä aikana.

Päivittäinen rutiini oli aina sama.

Herää aikaisin aamulla.

Kokki.

Laita kaikki huolellisesti astioihin.

Vie hänet Paulin taloon ennen klo 11.30 aamulla.

Älä koskaan myöhästy.

Eikä koskaan tottele.

Eräänä päivänä Cristinaa pyydettiin valmistamaan hänen tuomansa lounas lautaselle keittiössä.

Niin hän teki.

Se oli ensimmäinen kerta, kun tein tehtäviä Paulin keittiössä.

Hän oli ylpeä ruoastaan.

Hän tiesi, että se maistui hyvältä, vaikka Paul ei ollut koskaan kiittänyt häntä siitä.

Hän tuli alakertaan arkivaatteissa.

Kuten aina, hänen kasvonsa olivat lähes ilmeettömät.

Hän katsoi ruokapöydälle asetettua ruokaa eikä vaivautunut kommentoimaan sitä.

"Pitäisikö minun mennä nyt?" Cristina kysyi hämmentyneenä.

"Jää hetki. Haluan kysyä sinulta jotain."

"Hyvin."

Paul istui ruokapöydän ääressä Cristinan pysyessä seisomassa.

"Mitä muita palveluita tarjoatte?" kysyi. "Ruoanlaiton lisäksi."

Cristina oli yllättynyt ja pysyi paikallaan.

Hän valmistautui uusiin edistysaskeliin.

Olin valmistautunut seksuaaliseen häirintään.

"Tarjoan rehellistä ateriapalvelua. Valmistan gourmet-aterioita. Siinä se. Jos etsit muita palveluita, suosittelen, että etsit muualta."

"Ja miksi se on?" hän kysyi ankarasti.

"Rehellisesti sanottuna et ole minun tyyppiäni."

"Et sinäkään ole minun tyyppiäni."

Hän tunsi olonsa loukkaantuneemmaksi.

"Katso, mielestäni järjestelymme toimii hyvin. Pidetään se sellaisena. Mikään muu ei toimi."

"Luuletko, että pyydän seksuaalisia palveluksia?" kysyi.

Christina jäätyi.

"Eikö se ole näin?"

"En usko sitä."

Hänen kasvonsa muuttuivat punajuuren punaisiksi.

"Voi, anteeksi herra."

"Unohda se", hän vastasi. "Kysyn, koska piikaani jää pian eläkkeelle. Jos sinulla on ylimääräistä aikaa, voisit ehkä auttaa minua siivoustöissäni."

"Mitä minun pitäisi tehdä?"

"Ei mitään vaikeaa. Puhdista astiat. Pidä kaikki puhtaana."

"Minun täytyy miettiä sitä."

"Saat tietysti hyvän korvauksen", hän vastasi. "Ja älä huoli, en pyydä sinulta seksiä. Et ole minun tyyppiäni."

Hän punastui jälleen.

"Anteeksi aikaisempi. Mutta harkitsen sitä. Miksi ei?"

"Harkitse tarjousta. Työni sujuu hyvin ja olisin kiitollinen avusta kodin kunnossapidossa."

"Sinä et käy paljon ulkona, vai mitä?"

"Olen jo matkustanut ympäri maailmaa ja nähnyt kaiken", hän vastasi. "Tänä aikana elämääni keskityn kirjoittamiseen. Joskus käyn ulkona. Rakastan edelleen liikuntaa. Mutta en halua huolehtia kodinhoidosta. Vaikutat kyvykkäältä nuorelta naiselta, joten tarjoan sinulle ylimääräistä tehdä työtä."

Christina nyökkäsi päätään.

"Se on erittäin anteliasta sinulta."

"Lisärahalla voisi ostaa itselleen uuden vaatekaapin ja uuden auton."

Hän tunsi olevansa hieman ärsyyntynyt tästä kommentista.

"Ymmärrän. Tarvitsen rahaa. Sinun ei tarvitse hieroa sitä."

"En yrittänyt."

"Hyvä on. Minä teen sinulle ylimääräisen siivouksen."

"Erinomainen", hän vastasi harvinaisen hymyillen. "Keskustelemme puheenvuorosta myöhemmin."

Hän käveli Paulin luo ja ojensi kätensä kädenpuristukseen.

Paul nousi kuin herrasmies ja puristi häntä.

Sopimus sinetöitiin.

SULJETTU OVIKKI

29

LUKU 5

Cristina onnistui löytämään muutamia muita asiakkaita pieniin töihin.

Mutta suurin osa hänen työstään tehtiin Paulille.

Hän valmisti heidän ateriansa viikon jokaisena päivänä.

Ajan myötä hän alkoi tehdä enemmän työtä hänen hyväkseen.

Hän teki pieniä siivoushommia ylimääräisestä rahasta.

Cristina oli aina ollut sekava ihminen talossa, joten oli ironista, että hän teki kotityöt jonkun muun puolesta.

Mutta rahat olivat hyvät, joten hän ei välittänyt.

Astiat piti puhdistaa ja järjestää tietyllä tavalla.

Ikkunoiden piti olla tahrattomia.

Huonekalujen oli oltava pölyttömiä.

Paul siivosi lattiat itse.

Paul oli hyvin erityinen henkilö.

Ja nämä ominaisuudet saivat Cristinan välillä vapaiksi.

Mutta raha oli hyvä.

Tavallaan Cristina oli ylpeä voidessaan auttaa Paulia.

Jollain oudolla tavalla hänestä tuntui, että hän auttoi Paulia saavuttamaan tavoitteensa, kyetä kirjoittamaan kirjansa.

Hän välitti hänestä ihmisenä.

LUKU 6

Ruokapöytä oli siisti.

Lounas oli valmis.

Cristina katsoi lautasta ja ihaili hänen kaunista työtään.

Kulinaarinen koulu oli kannattanut.

Hän ei malttanut odottaa, että Paul kokeilisi sitä, vaikka Paavali ei koskaan antanut kehuja.

Paul oli epätavallisen myöhässä lounaalta.

Hän ei ollut koskaan myöhässä.

Yläkerran ovi oli hieman auki ja Cristina kuunteli, kun näppäimistöä käytettiin kiivaasti.

Hän tiesi, että hänellä oli edelleen kiire.

Hän käveli portaita kohti ja mietti, pitäisikö hänen soittaa hänelle vai ei.

Hän ei halunnut keskeyttää työtään.

Mutta hän tiesi, että Paul oli mies, joka tarvitsi järjestystä.

Ehkä olet menettänyt ajantajusi?

Sitten hän näki hänet.

Portaiden lähellä ovi oli auki, hieman auki.

Se oli huone, jonka Paavali oli sanonut olevan kielletty.

Paul halusi minun siivoavan kaikki huoneet paitsi tämän huoneen.

Cristinan uteliaisuus saavutti huippunsa.

Kuuntelin edelleen Paulin kirjoittavan yläkerrassa.

Hän halusi katsoa salaista huonetta.

Hän halusi tietää Paavalin pienet salaisuudet , olivatpa ne kuinka pieniä tahansa.

Hän oli kiinnostunut hänestä.

Hän oli kiinnostunut miehestä, jota hän oli palvellut viikkoja.

Hän otti muutaman rauhallisen askeleen ovea kohti.

Hän työnsi päänsä sisään.

Huone oli pimeä.

Hän käänsi valokytkimen päälle ja huone oli loistavasti valaistu.

Cristinan yllätykseksi makuuhuone oli talon vähiten tyylikäs paikka.

Mutta ne kaikki näyttivät antiikkiesineiltä.

Hän astui sisään ja katsoi ympärilleen.

Siellä oli erilaisia puisia ja metallisia laitteita.

Suunnitelmat näyttivät olevan keskiajalta.

Laitteet näyttivät riittävän suurilta, jotta ihminen voisi istua tai makuulla.

Seinällä riippui erilaisia ruoskoja ja ketjuja.

Läheisellä pöydällä oli monia köysiä.

Cristina kosketti sormellaan metallilaitetta.

Hän juoksi sormellaan sen yli ja katsoi sitä.

Hänen sormenpäänsä oli peitetty hienolla pölykerroksella.

Huonetta ei ole käytetty pitkään aikaan.

"Sinun ei pitäisi olla täällä", Paul sanoi takaapäin.

Cristina yllätti hänen äänensä ja hyppäsi.

Hän kääntyi nähdäkseen Paulin seisovan oven vieressä.

"Voi, olen pahoillani."

"Enkö minä sanonut, että tämä huone on poissa askareistasi?" hän kysyi kävellen rennosti sisään.

"Tiedän. Mutta se oli auki ja olin utelias. Ajattelin, että ehkä haluat minun puhdistavan sen."

"Ei. Aioin puhdistaa sen itse myöhemmin."

Christina nielaisi.

"Ruoasi on valmis. Alkaa olla kylmä."

"Se voi odottaa", hän vastasi ja käveli huoneeseen katsomaan laitteita . "Sinä varmaan ihmettelet, mitä tämä kaikki on."

"Se näyttää keskiaikaiselta kidutuskammiolta."

"Olet melkein oikeassa. Jotkut näistä asioista rakennettiin vuosisatoja sitten keskiajalla. Mutta ei välttämättä kidutusta varten."

"Mitä varten sitten?"

"Ilo. Seksuaalinen nautinto", hän vastasi tylysti.

Christina hämmästyi.

"En voi kuvitella kuinka. Nämä asiat näyttävät niin tuskallisilta."

"Tämä on pointti."

"Joten ne ovat pohjimmiltaan bondage-laitteita?"

Hän suostui.

"Nämä fetissit ovat olleet olemassa vuosisatoja. Voitteko uskoa, että nämä laitteet on rakennettu kuninkaallisille perheille ja aatelistoille?"

"En olisi yllättynyt. Useimmat rikkaat ihmiset ovat vähän turmeltuneita."

Hän kohotti kulmakarvojaan.

"Kattaako se minut?"

"Voi ei, en tarkoittanut sinua", hän perääntyi nopeasti.

"Minä vain pilailin."

Christina rentoutui.

"Tietenkin. Miksi siis kaikki nämä tavarat on lukittu tähän huoneeseen? Mikset myy niitä museolle tai jollekin?"

"Ehkä jonain päivänä. Mutta toistaiseksi kirjoitan niistä kirjassani. Ajattelin myös ottaa niistä kuvia. Siksi huone oli auki."

"Kirjasi on varmasti mielenkiintoinen."

"Toivon niin", hän vastasi. "Olen kirjoittanut seksistä. Sellaista herruutta ja seksuaalista orjuutta."

Christina kohotti kulmakarvojaan.

"Oikeasti? Et vaikuta mieheltä sellaiseen."

"Joten miltä mieheltä näytän?"

"En tiedä. Pehmeä. Mansikka. Ei millään pahalla."

"Ei millään pahalla", hän vastasi. "Olin hyvin erilainen ihminen vuosia sitten. En aina ollut niin eristäytynyt."

"Mikä muuttui?"

Paul hieroi sormiaan metallilaitetta vasten.

"Se on pitkä tarina. Voit lukea kirjani, kun olen kirjoittanut sen."

"No, odotan sitä innolla. Kuulostaa siltä, että sinulla on mielenkiintoisia tarinoita kerrottavana."

"Tiedätkö mikä mestari on?" kysyi.

"Vain perusasiat", hän kohautti olkiaan. "Kaveri, joka pomoaa naisia ympäriinsä. Ruoskat. Ketjut. Piiskaa. Sellaista, eikö?"

"Enemmän tai vähemmän. Olen ollut mestari monille alistuville naisille. Kauniita naisia, joilla on synkät halut."

"Löitkö niitä?" hän kysyi uteliaana.

"Joskus."

"Entä nämä laitteet?" hän kysyi. "Oletko koskaan käyttänyt niitä orjillesi?"

"Toisinaan. Mutta menetelmät eivät ole tärkeitä. Kyse ei ole piiskauksesta tai laitteista. Kyse on antautumisesta. He antavat minulle ruumiinsa. Ja minä teen niillä mitä haluan. Loppujen lopuksi ilo on molemminpuolinen."

Cristina oli hetken hiljaa.

Hän katsoi suoraan Paavalin silmiin ja tiesi, että jokainen hänen sanansa oli totta.

Hän tiesi, että Paulilla oli siitä kokemusta.

Hän tiesi, että Paul halusi tehdä sen uudelleen.

"Ruoasi on jäähtynyt", hän sanoi.

"Onko se kaikki, mistä välität?"

Hän jäätyi hetkeksi.

"No, catering on se, mihin palkkasit minut, eikö niin?"

"Olet fiksu tyttö", hän sanoi hieman hymyillen. "Alat pitää minusta."

Paul käveli ja taputti Cristinaa ystävällisesti olkapäälle.

Sitten hän kääntyi ympäri ja poistui huoneesta, kun Cristina jäi hämmentyneeksi kiusallisesta kohtaamisesta.

Hän seurasi häntä ruokasaliin ja katsoi hänen syövän.

LUKU 7

Myöhemmin samana iltana.

Se oli puhelu, jonka Cristina oli pelännyt tulevan muutaman viime kuukauden ajan.

"Kuten?!" Christina kysyi.

"On vihdoin aika", äiti vastasi. "Isäsi ja minä emme enää tue sinua taloudellisesti. Tunnemme, että olet tarpeeksi vanha selviytymään itsestäsi."

"Ymmärrätkö, että kaupungissa asuminen on kallista, eikö niin?"

"Rakas, kukaan ei pakota sinua asumaan kaupungissa. Aina voi muuttaa lähemmäs kotia ja löytää halvempaa asumista."

"Ei kiitos", Cristina huokaisi.

"En tiedä miksi toimit niin yllättyneenä. Olen varoittanut sinut viime kuukausina. Kun olin sinun ikäinen, minä..."

"Ajat ovat muuttuneet äiti. Oletko nähnyt uutisia? Tämä taloudellinen tilanne on vaikea. Elinkustannukset ovat mielettömät"

"Mutta sinun yrityksesi on nousussa", äiti vastasi.

"Tuskin."

"Sinun on oltava hieman liiketaitavampi, jos haluat menestyä. Kaupungissa on niin paljon potentiaalisia asiakkaita. Sinun tarvitsee vain löytää heidät. Olet loistava kokki ja hyvä ihminen. Minulla on uskoa sinussa, Cristina."

"Kyllä, olet oikeassa. Ajattelin ottaa yhteyttä useisiin yrityksiin selvittääkseni, tarvitsevatko ne tarjoilua juhliin."

"Se on yrittäjähenkeä", äiti vastasi ylpeänä.

"Jos elämä olisi niin helppoa."

"Hyvät asiat tulevat, kun olet sinnikäs. Siitä puheen ollen, työskenteletkö edelleen Paulin kanssa? Miten menee?"

"Se menee hyvin", Cristina sanoi epämääräisesti.

"No? Onko siinä kaikki? Onko mielenkiintoisia yksityiskohtia?"

"Ei oikeastaan. Teen hänelle ruokaa viisi päivää viikossa. Hän maksaa minulle paljon rahaa palvelustani. Hän on tavallaan outo kaveri."

"Katso, kuka puhuu", äiti vitsaili.

"Hauska."

"Minä vain vitsailen. Olet oikeassa. Paul näyttää hieman irraantuneelta. Hän on kuitenkin älykäs kaveri."

"Hän on ehdottomasti mielenkiintoinen henkilö", Cristina vastasi. "Ja hän pitää minut töissä. Joten en voi valittaa."

"Ei sinunkaan pitäisi. Jos haluat yrityksesi kasvavan, sinun on aina ilahdutettava asiakkaasi. Se on aina toiminut minulle."

Christina pysähtyi hetkeksi.

"Tiedätkö, annoit minulle vain idean."

"En ole varma, pidänkö sen äänestä."

"Kiitos äiti. Olet paras."

"No, pidä huolta, Cristina. Olen aina tukenasi. Rakastan sinua."

"Minäkin rakastan sinua äiti."

Puhelun päätyttyä Cristina oli vahvasti päättäväinen.

Hän oli päättänyt menestyä ilman vanhempiensa apua.

LUKU 8

Seuraava päivä.

Cristina odotti tarkkaavaisesti, kun Paul söi lounaansa.

Hän siivosi keittiön ja hoiti joitain kotitöitä hänen puolestaan.

Kun Paul lopetti syömisen, hän palasi ruokasaliin ja otti lautasen häneltä.

Ennen kuin Paul ehti lähteä, hän seisoi ruokapöydän edessä kunnioittavassa asennossa.

"Olen ajatellut", Cristina sanoi kädet yhdessä. "Tämä järjestely on toiminut todella hyvin. Olen hoitanut suurimman osan aterioistasi ja kotitöistäsi , jotta voit keskittyä työhön."

Paul perääntyi tietäen, että ehdotus oli tulossa.

"Olen samaa mieltä. Tämä on toiminut hyvin. Paremmin kuin odotin."

"Joten miltä sinusta tuntuisi, jos haluaisin laajentaa tehtäviäni täällä? Lisärahalla tietysti."

"Teet jo enemmän kuin minun tarvitsee. Ja minä maksan sinulle jo nyt erittäin anteliasta palkkaa."

"Arvostan sitä", Cristina sanoi kohteliaasti. "Mutta hyötyisit enemmän, jos tekisin enemmän asioita puolestasi. Naisen kosketus on aina hyödyllinen naimattomalle miehelle."

Paul mietti hetken.

"Se on mielenkiintoinen kohta. Jatka."

"Olen varma, että voin tehdä sinulle monia muita asioita."

"Kuten mitä?"

Cristina mietti hetken.

"No, se on sinusta kiinni. Ehkä voisin puhdistaa nuo laitteet lukitussa huoneessa. Se huone oli pölyinen. Voisin tehdä ylimääräistä siivoustyötä. Ja ehkä voisin järjestää juhlat sinulle."

"Miksi olet yhtäkkiä niin kiinnostunut lisärahoista?" Paul kysyi.

"Luulen, että voisit hyödyntää naisen kosketusta. Ajattele kaikkia juhlia, joita voisit järjestää. Ihmiset rakastaisivat ruokaa. Sosiaalinen elämäsi olisi mahtavaa."

"Kerro minulle totuus. Miksi tarvitset ylimääräistä rahaa?"

Cristina pysähtyi hetkeksi.

"Vanhempani eivät aio antaa minulle enää käteistä. Ja vuokrat tässä kaupungissa ovat ylivoimaiset. Jos tarvitset jotain muuta täällä, teen sen mielelläni."

Paul nyökkäsi myötätuntoisesti.

"Pidän sinusta ihmisenä, Cristina. Työskentelet kovasti ja pidät siitä hauskaa. Mutta en aio antaa sinulle rahaa ilmaiseksi, varsinkaan kun maksan sinulle jo komeasti."

"Ymmärrän", vastasi Cristina yrittäen hillitä suruaan. "Kiitos, että kuuntelitte joka tapauksessa. Palaan huomenna."

"En ole vielä saavuttanut loppupistettäni", hän lisäsi. "Yritän keksiä jotain. Jotain sinun taitosi ja ominaisuuksiisi sopivaa. Kun löydän jotain, ilmoitan sinulle, niin saat siitä palkinnon. Kuulostaako reilulta?"

Hän hymyili.

"Kuulostaa hyvältä".

LUKU 9

Päivät kuluivat.

Paul ei koskaan tehnyt tarjousta.

Cristina ei koskaan kysynyt häneltä, koska hän ei halunnut häiritä.

Hän valmisteli Paulin lounasta tavalliseen tapaan.

Paul tuli alakertaan ruokasaliin tavallista aikaisemmin.

Hän istui ja odotti, kun Cristina oli vielä valmistelemaan kaikkea.

"Se näyttää hyvältä", hän sanoi, kun Cristina toi ruokalautasen.

Hänestä tuntui todella oudolta onnitella häntä.

"Kiitos. Se on paistettua lammasta, jossa on paistettuja vihanneksia."

Paul veti istuimen hänen viereensä.

"Istu alas. Haluan keskustella kanssasi jostain."

Cristina istui alas ja odotti, mitä hänellä oli sanottavaa.

"Olen ajatellut lisätyöpyyntöäsi", hän sanoi. "Erityisesti naisellisen kosketuksen tarpeesta täällä. Joka tapauksessa, jätän heti perään, voisin käyttää joitain sinun tekstejäsi inspiraationa kirjoitukseeni."

"Inspiraatiota? Miten niin?"

"Ehkä sinä voisit poseerata minulle. Olen kamppaillut kirjoittajien kanssa viime aikoina ja saatat auttaa minua katselemisen kanssa."

Cristina ilmaisi huolestuneen ilmeen.

"Oletko varma, ettet halua minun järjestävän sinulle juhlia tai jotain? Se toimii luultavasti paremmin."

"Minua ei kiinnosta juhlien järjestäminen", hän vastasi nojaten taaksepäin tuolissaan. "Anteeksi, kysyin vain. Se oli sopimatonta."

Hän ajatteli hetken.

"Paljonko rahaa tarjoat?"

"Se kaikki riippuu."

"Osta?"

"Tekemäsi työstä", hän sanoi. "En ole koskaan aiemmin palkannut mallia. Mutta tiedän, että se auttaisi kirjoittamisessani."

"No, pidän sen mielessäni."

"Älä. Oli virhe kysyä. Jos et pahastu, haluaisin syödä nyt. Minulla on muuta tekemistä myöhemmin."

"Teen sen!" Christina tiuskaisi.

"Että?"

"Se mallityö, jota tarjosit minulle. Kukaan ei tiedä, eikö? Se pysyy tiukasti meidän välillämme, eikö niin?"

"Niin on", hän myöntyi. "Siitä ei tule mitään levyä. Tarvitsen vain inspiraatiota."

"Olen kiinnostunut."

Paul huokaisi hieman.

"En usko, että ymmärrät. Olin hätäinen tarjouksessani. En usko, että makuni on sinua varten."

"Miksi ei?"

"Koska näytit niin epämukavalta dominointihuoneessa."

Cristina oli hieman ymmällään.

Yhtäkkiä hän tajusi, että Paul etsi inspiraatiota dominanssitarinoihinsa.

Mutta siitä huolimatta hän ajatteli rahaa.

"Voin oppia olemaan mukava sen kanssa", hän vastasi. "Anna minulle aikaa. Niin kauan kuin kukaan ei tiedä, pärjään hyvin."

Paul katsoi häneen pitkän, skeptisen katseen.

"Kuten haluat. Ilmoittaudu tänne huomenna puoli yhdeksältä aamulla. Siitä eteenpäin selvitetään asioita."

"Kiitos."

Cristina nousi seisomaan ja ojensi kätensä kädenpuristukseen.

Paul ojensi kätensä ja puristi häntä.

LUKU 10

Myöhemmin samana iltana.

Cristina oli keittiössä valmistamassa seuraavan päivän aterioita.

Hän tiesi, ettei hänellä olisi aikaa tehdä sitä seuraavana päivänä, koska Paul odotti hänen olevan paikalla puoli yhdeksältä aamulla.

Kun kaikki oli valmis, Cristina katsoi itseään peilistä.

Hän pohti, oliko hän tarpeeksi kaunis malliksi Paulille.

Hän mietti, mitä yllätyksiä huoneessa olisi.

Oli se sitten makeaa tai ei.

Ja hän ihmetteli, kuinka paljon rahasta puhumme.

Paavali oli aina ollut antelias taloudellisten maksujen suhteen.

Ennen kaikkea hän ihmetteli, kuinka paljon ylivaltaa Paul halusi nähdä.

Cristinan rationaalinen puoli hallitsi tilannetta: raha on hyvästä.

Eikä kukaan koskaan saa tietää.

Pieni salaisuuteni Paulin kanssa.

Hän riisui ja kokeili kauniita asuja makuuhuoneen peilin edessä.

Hän päätti lopulta yksinkertaisen keltaisen mekon.

Se ei ollut liian paljastava.

Eikä hänkään ollut liian älykäs.

Se oli onnellinen meedio.

Hän harjasi hiuksensa ja ajatteli, kuinka paljon meikkiä käyttää.

Joten hän päätti olla tekemättä.

Se tekisi tilanteesta liian hankalan.

Kaikki oli valmista.

Hän oli valmis töihin.

LUKU 11

Seuraavan päivän aamuna.

Cristina ilmestyi Paulin taloon varttia yhdeksältä.

Hän halusi varmistaa, että se oli valmisteltu etukäteen.

Hänellä oli yllään keltainen mekko.

Hänen hiuksensa oli siististi muotoiltu ja kasvot puhtaat meikistä.

Hän oli jo luonnostaan kaunis.

Kun Cristina asetti ruoka-astiat keittiön jääkaappiin, he istuivat yhdessä yksityisessä huoneessa puisten laitteiden päällä.

"Mitä sinulla on mielessäsi?" Christina kysyi.

"Se riippuu. Mitkä ovat rajasi?"

Christina kohautti olkiaan.

"En tiedä. En ole koskaan ennen tehnyt tällaista."

"Sitten meidän on parempi ottaa selvää."

Cristinan silmät pyyhkäisivät taas hetken huoneen.

Se oli talon tylsin huone.

Seinät olivat sileät.

Mutta muinaisia laitteita oli erikokoisia ja -muotoisia.

He kaikki näyttivät niin pelottavilta.

"Pidän mieleni avoimena", hän sanoi. "Mutta minä en pidä kivusta. Enkä halua sinun työntävän minua liian nopeasti. Ei tarvitse kiirehtiä. Okei?"

Hän suostui.

"Kiitos selkeästä puheesta. Sinun pitäisi tietää, että olen erittäin kärsivällinen mies. Olen tehnyt sitä useiden vuosien ajan lukemattomien alistuvien naisten kanssa. En koskaan työnnä enempää, ellei hän ole valmis."

Nuo sanat saivat Cristinan selkärankaan oudon tunteen.

En voinut lakata ajattelemasta ilmausta "alistuvat naiset".

Muutamassa hetkessä hän tajusi, että hän voisi hyvinkin olla samassa asemassa kuin nuo "alistuvat naiset".

"Okei", hän myöntyi. "Kiitos. Miten meidän pitäisi aloittaa?"

Paul nousi ja käveli hitaasti ympäri huonetta katsellen jokaista laitetta Cristinan istuessa vaatimattomassa asennossa.

Hän katsoi jokaista laitetta tavalla, joka sai Cristinan hermostuneeksi.

"Oletko koskaan ollut sidottu ennen?" Paul kysyi.

Christina pudisti päätään.

"Ilmiselvästi ei."

"Haluaisitko olla?"

"En tiedä."

Hän viittasi puupöytää kohti.

"Miksi et yrittäisi?"

"En tiedä", hän kohautti olkapäitään hermostuneena.

"Onko tämä liikaa sinulle? Minun täytyy nähdä jotain saadakseni inspiraatiota. Sinun istuvan katsominen siellä ei auta minua paljon."

Cristina nousi hitaasti ylös ja hengitti syvään.

"Teen mitä haluat."

"Oletko varma? Cristina, en halua sinun tekevän jotain, josta et ole tyytyväinen. Voin löytää muita tapoja maksaa sinulle takaisin."

Hän veti toisen syvään henkeä.

"Ei, olen varma. Pääsimme sopimukseen mallina toimimisesta, ja aion jatkaa."

"Oletko varma?"

"Kyllä, täysin."

"Makakaa sitten", Paul sanoi ja osoitti puupöytää.

Pöytä näytti tuskallisen epämukavalta.

Se näytti vanhalta ja rustiikkiselta.

Mutta se oli tarpeeksi matala, jotta ihminen saattoi helposti makaa sen päällä.

Pöydän molemmilla puolilla oli vanhoja metallitankoja, mikä aiheutti Cristinalle epämukavan tunteen.

Hän laittoi tunteensa syrjään ja nojautui taaksepäin pöydälle.

Se oli tuskallista ja epämukavaa, kuten hän odotti.

Hän oli vakuuttunut siitä, että pöytä oli suunniteltu kidutukseen, ei nautintoon.

Hän ihmetteli, kuinka joku voi nauttia sellaisesta.

Hän makasi pöydän keskellä ja katsoi suoraan kattoon.

"Aion sitoa ranteesi", hän sanoi seisoessaan naisen pään päällä.

Hän oli hetken hiljaa katsoessaan Paavalin hahmoa, joka seisoi hänen yllään.

"Okei", hän vastasi nostaen ranteitaan. "Eteenpäin."

Paul otti varovasti hänen ranteitaan ja toi ne pöydällä olevaan metallitankoon.

Baari oli kylmä, kuten hän odotti.

Rakenne hänen ihoaan vasten ei ollut kovin sileä, mikä oli merkki siitä, että tanko oli valmistettu kauan sitten, ennen nykyaikaisia koneita.

Hän tunsi ranteensa sidottuna tankoon paksulla köydellä.

Cristina ei vaivautunut katsomaan.

Hän piti katseensa kattoon.

"Satuttaako?" kysyi.

"En voi hyvin."

Hänen askeleensa kuului huoneen poikki.

Cristina ei vaivautunut katsomaan Paulia.

Mutta hän ihmetteli, mitä Paavalin on täytynyt ajatella.

Hänen näkeminen kauniissa mekossa, ranteet sidottuna, on varmasti jännittävää Paulille, hän ajatteli.

"Kerro minulle uudestaan", hän sanoi. "Mikä on sinun rajasi?"

Hän nielaisi.

"Älä vain satuta minua."

"Saanko avata mekkosi?" hän kysyi pehmeästi.

"Ei, ei sitä."

"Sitten oletan, että sinulla on muita rajoja", hän vastasi hieman huvittuneena.

"Luulen."

"Voinko koskettaa sinua?" kysyi. "On aivan hienoa, jos kieltäydyt. Mutta koska olemme päässeet näin pitkälle, näytät varmasti houkuttelevalta."

"Jos haluat", hän vastasi tylysti.

"Kyse ei ole siitä, mitä minä haluan. Kyse on siitä, mihin olet tyytyväinen."

Hän paini ajatustensa kanssa hetken.

"Olen tyytyväinen siihen. Se on hyvä. Mene eteenpäin, jos haluat. Tarkoitan, olen tyytyväinen siihen."

"Oletko varma, Cristina? En halua painostaa sinua, jos et ole mukava."

"Niin kauan kun sinä tiedät..."

"Niin kauan kuin se korvaa sinulle taloudellisesti?" hän kysyi puoliksi huvittuneena.

Hänen sävynsä ja sanamuotonsa tekivät Cristinasta entistä epämukavamman.

"Kyllä", hän vastasi.

"Sinun ei tarvitse huolehtia siitä".

Cristina odotti sarkastisempia vitsauksia vastaukseksi, mutta Paul oli lopettanut puhumisen.

Hän käveli häntä kohti, kun hän jatkoi makaamista pöydällä.

Cristina näki hänen katsovan vartaloaan.

Hän oli selvästi hermostunut.

Hän ei tiennyt, mitä hän suunnitteli.

Hänen silmänsä nautiskelivat ja vaelsivat hänen ruumiinsa yli.

Lopulta se päätettiin.

Ja hän teki liikkeensä.

Paul kurkotti alas ja kosketti Cristinan polvea.

Se oli äkillinen kosketus, joka yllätti hänet.

Hän vapisi.

"Oletko kunnossa, Christina?"

"Olen kunnossa. En vain odottanut sitä."

Hän liu'utti kätensä syvemmälle hänen reisilleen.

Hänen kätensä liukui syvemmälle, kunnes se oli hänen keltaisen hameensa alla.

Se häiritsi Cristinaa, mutta sai myös hänet kihelmöimään jalkojen välissä.

Hänen silmänsä pysyivät keskittyneenä kattoon.

"Haitatko, jos jatkamme edelleen?" kysyi. "Olemme jo tulleet näin pitkälle."

"Mene eteenpäin. En välitä."

"Oletko varma?"

"Olen varma."

Paul nosti Cristinan hameen ja työnsi hänet ylös.

Hänen housunsa paljastuivat.

Paul liukui kätensä Cristinan pikkuhousujen alle.

Luonnollisesti hän vapisi jälleen, mutta pysähtyi.

Paulin käsi hieroi hänen haaraansa.

Cristinan vartalo ja jalat jännittyivät.

"Sinun täytyy rentoutua", sanoi Paul. "Muuten tästä ei ole paljon hyötyä."

"Hyvin."

Cristina teki parhaansa rentoutuakseen kehonsa.

Hänen silmänsä jäivät kattoon.

Hän oli liian nolostunut katsomaan Paulia.

Hän vain antoi hänen silittää haaraansa.

Hän haukkoi henkeään, kun Paul leikki klitillään.

Se oli liike, jota hän ei ollut odottanut.

Hänen luontainen vaistonsa oli ojentaa Paulin käsi pois, peittää itsensä ja sitten läimäyttää Paulia kasvoille, mutta köydet hänen ranteidensa ympärillä olivat tiukkoja.

Hän nyökkäsi hellästi, mutta turhaan.

"Yritätkö päästä ulos?" Paul kysyi. "Jos haluat päästä ulos, kerro minulle, niin avaan sinut heti."

"Anteeksi. Se oli polven nykimisen reaktio."

"No, älä reagoi sillä tavalla. En halua sellaista reaktiota."

"Se on hyvä, olen pahoillani."

Paulin sormet liikkuivat raivoissaan pyöreällä liikkeellä hänen turvonneessa klitossaan.

Cristinalla ei ollut muuta vaihtoehtoa kuin hengähtää.

Hän oli liian järkyttynyt hillitäkseen tunteitaan.

Sormet eivät pysähtyneet.

Se oli mukava ilo.

Hän sulki silmänsä ja nautti Paulin ilosta.

Se oli kihelmöivä tunne, joka virtasi hänen kehonsa läpi.

"Voin kertoa, että olet lähellä", hän sanoi. "Rentoudu. Se on melkein ohi."

Silmät edelleen kiinni Cristina antoi itselleen mahdollisuuden nauttia Paulin sormista, kun ne ilahduttivat hänen herkkää pientä klitistään.

Kului hetkiä ennen kuin Cristinan sormet jäykistyivät.

Lyhyet haukkovat äänet karkasivat hänen huuliltaan.

Hänen silmänsä puristettiin kiinni.

Hänen lihaksensa supistuivat.

Se oli hyvin ansaittu orgasmi kaikesta hänen elämänsä stressistä.

Lopulta hänen vartalonsa rentoutui ja Paul poisti kätensä hänen housuistaan.

Hän siirsi hänen mekkonsa takaisin oikeaan asentoonsa.

Hän taputti Cristinaa reisille, ikään kuin tämä olisi tehnyt jotain oikein.

"Sinä todella nautit siitä", Paul sanoi, kun hän alkoi avata hänen ranteitaan.

Cristina tunsi olonsa vapaaksi.

Suoristuessaan hän hieroi ranteitaan, jotka olivat hieman punaisia ja kipeitä köydestä.

Orgasminen tunne auttoi torjumaan kipua.

"Pidin siitä", hän vastasi. "Se oli mukavaa. Todella mukavaa. Luoja, en ole tuntenut tällaista pitkään aikaan. Tarkoitan, ei niin hyvä kuin sinä."

"Olen iloinen, että pidit siitä. Se toi mieleen paljon muistoja, jotka auttavat minua kirjoittamisessani. Olit minulle ihana pieni inspiraatio."

"Olen aina iloinen voidessani olla palveluksessasi."

"Erinomainen", hän myöntyi. "Lisään varmasti bonuksen shekkiisi kuun lopussa. Luulen, että olet ansainnut tästä ylimääräiset viisi tuhatta dollaria."

Yllättäen Cristina tunsi häpeää.

Hän tiesi, että Paavali tarkoitti hyvää.

Hän arvosti ylimääräistä viittä tuhatta, mikä oli paljon enemmän kuin hän odotti.

Mutta syyllisyyden tunne valtasi hänet, ikään kuin hän olisi juuri myynyt ruumiinsa ja seksuaalisuutensa helpolla rahalla.

Se sai hänet tuntemaan olonsa epäpuhtaalta ja likaiseksi.

"En ole huora", hän purskahti ja katui sitä heti.

"En ole koskaan sanonut, että olet."

"Olen pahoillani", hän vastasi. "Arvostan todella kaikkea. Mutta en ole koskaan käyttänyt vartaloani tällä tavalla ansaitakseni rahaa."

Paul pudisti päätään pettyneenä itseensä.

"Älä ole pahoillasi. Tämä on minun syytäni. Minua kiirehdittiin kanssasi. Minun ei olisi pitänyt pyytää sinua malliksi."

Cristina nousi ylös ja korjasi mekkonsa.

"Nautin siitä", hän sanoi. "Tein todellakin. Mutta se oli minulle vähän outoa. Ehkä voimme tehdä sen joskus toisella kerralla? Vain hieman hitaammin."

"En usko. Tämä ei selvästikään ole sinua varten."

Cristina katsoi ujoa, kun orgasmin tunne virtasi edelleen hänen kehonsa läpi.

"Minä teen lounaasi nyt", hän sanoi.

"Voin tehdä sen itse. Voit mennä."

Hän nyökkäsi tottelevaisesti.

"Olen iloinen, että teimme tämän."

"Minä myös", hän vastasi. "Mutta meidän ei pitäisi koskaan tehdä tätä enää. Nähdään maanantaina."

Cristina nyökkäsi tietäen, että Paul oli jo tehnyt lujan päätöksen.

Nyt heidän välillään oli hienovarainen kömpelyys.

Vaihdettuaan vielä muutaman sanan hän lähti ihmettelemään, mitä Paul ajatteli hänestä.

UUSI TYÖ

LUKU 12

Myöhemmin samana iltana.

Cristina istui tietokoneensa ääressä ja etsi tapoja saada uusia asiakkaita.

Hän lähetti ainakin kymmenkunta sähköpostia eri yrityksille edistääkseen catering-liiketoimintaansa.

En odottanut paljoa vastausta, mutta se oli yrittämisen arvoinen, eikä minulla ollut mitään menetettävää.

Puhelin soi.

Hänen äitinsä soitti tarkistaakseen uudelleen.

He pitivät tavallisen pienen puheensa, eikä heillä ollut paljon sanottavaa.

"Oman yrityksen pyörittäminen on vaikeaa", Cristina valitti.

"Odotitko sen olevan helppoa?"

"En tiedä mitä odotin. Minua ei haittaa tehdä kovaa työtä. Rakastan ruoanlaittoa muille ihmisille. Mutta luoja, tarvitsen lisää asiakkaita."

"Kokemukseni mukaan bisnes on se, jonka tiedät", hänen äitinsä vastasi. "Paljon liiketoiminnasta syntyy henkilökohtaisista yhteyksistä. Lähde siis ulos ja yritä tavata uusia ihmisiä verkossa etsimisen sijaan."

"On varmaan järkeä."

"Luulen? Milloin olen väärässä?"

"En tiedä."

"Älä kuulosta niin masentuneelta, Cristina", hänen äitinsä sanoi. "Monet ihmiset kamppailevat uuden yrityksen kanssa. Jatka vain yrittämistä."

"Kiitos äiti."

"Kuinka Paulin tilanne on? Maksaako hän sinulle silti komeasti?"

"Se on monimutkaista", Cristina huokaisi. "Mutta joo, hän maksaa silti hyvin."

"Hän näyttää monimutkaiselta kaverilta."

"Et tiedä puoliakaan."

Puhelimessa oli tauko.

"Onko hän yrittänyt mitään kanssasi?" äiti kysyi varovasti.

Cristina valehteli nopeasti.

"Ei mitenkään. Ei tietenkään."

"Voit kertoa minulle totuuden. Olen täällä sinua varten."

"Äiti, hän ei ole minun tyyppiäni. Jos hän koskaan tekisi liikkeen, lyöisin häntä päähän sillä mitä tein sinä päivänä."

"Se kuulostaa tuntemani Cristinan hengeltä", hänen äitinsä naurahti.

"Hypoteettisesti puhuen, entä jos tekisin? Tarkoitan, miltä sinusta tuntuisi?"

"Jos Paul teki liikkeen?"

"Kyllä", Christina vastasi. "Miltä sinusta tuntuisi?"

Linjalla oli toinen tauko.

"Luulen, että se on sinusta kiinni. Jos hän pyysi sinut ulos, se on sinun päätöksesi."

"Todella?"

"Se on sinun päätöksesi, Cristina. Mutta jos hän yrittäisi koskettaa takapussi keittiössä, ehdottaisin, että kaadat hänen päähänsä kuuluisaa kuumaa kastikettasi."

"Tietenkin", Cristina vastasi sarkastisella äänellä.

"Sinulla näyttää olevan jotain mielessäsi."

"Ei enää. Kiitos äiti, sinä olet paras. Minun täytyy jättää sinut."

"Hyvästi minä rakastan sinua."

"Minäkin rakastan sinua äiti."

Puhelu päättyi ja Cristina nojautui takaisin tuoliinsa.

Hän ajatteli Paulia ja orgasmia, jonka hän sai sinä päivänä.

Hän muisti edelleen tunteet elävästi.

Jokainen kosketus, jokainen tunne.

Kovapuun tuntu hänen vartaloaan vasten.

Paulin käden tuntua pillua vasten.

Ja ennen kaikkea orgasmi.

Dominointi ei koskaan ollut hänen juttunsa, mutta se tuntui hyvältä.

Hän etsi netistä ja etsi erilaisia termejä.

Se sai hänet tuntemaan itsensä uudelleen opiskelijaksi, kun hän teki tutkimusta.

Hän teki useita hakuja orjuudesta ja sen nautinnoista.

Hän katseli erilaisia kuvia.

Se herätti hänet jälleen ja hän liukui käden alas pikkuhousuihinsa.

LUKU 13

Maanantaina aamulla.

Cristina yritti näyttää hyvältä, kun hän meni Paulin kotiin.

Hänellä oli yllään sininen mekko ja hänen hiuksensa olivat siististi kammatut.

Paul ei kiinnittänyt paljon huomiota naisen ulkonäköön, kun hän avasi oven päästääkseen hänet sisään.

"Voimme puhua?" Christina kysyi. "Tarkoitan liiketoiminnasta."

"Tietysti."

"Hienoa. Odota."

Cristina laittoi ruoan keittiöön ja meni tilavaan olohuoneeseen, jossa Paul oli istunut.

Hän istui häntä vastapäätä.

"Olen ajatellut paljon viikonloppuna", hän sanoi. "Suhteestamme."

"Minä myös", hän sanoi, eikä antanut hänen päättää ajatuksiaan. "Mielestäni meidän pitäisi saada tämä ohi. Minulle on selvää, että liikesuhteemme on vaarantunut. Olen jo alkanut etsiä korvaavaa kodin tarpeisiini."

Cristina jähmettyi hetkeksi, kun uutiset hitaasti upposivat häneen.

"Mitä? Ei. Sitä en halunnut."

"Luulen, että se on parasta", hän vastasi. "Olet loistava nuori nainen. Löydät paikkasi tässä maailmassa."

Hämmästynyt ilme pysyi hänen kasvoillaan. "

Tätä en odottanut kuulevani. Luulin, että keskustelumme olisi hyvin erilainen."

"Mitä oikein odotit?"

"Tulin tänne kertomaan, että olin kiinnostunut jatkamaan, tiedätkö, mitä teimme viime perjantaina."

Hän kohotti kulmakarvojaan.

"Oikeasti? Ja miksi haluat sen?"

"Onko minun todella sanottava se?"

"Joo."

Hän veti syvään henkeä.

"Ilmeisesti nautin työskentelystä täällä. Nautin eduista. Mielestäni olet loistava pomo, paras, mitä minulla voi olla. Ja siitä, mitä teimme viime viikolla huoneessa, pidin todella paljon. Luulen, että olin aluksi peloissani, mutta ajattelin kovasti, enkä haittaisi, jos jatkaisimme."

"Mielenkiintoista."

"Niin siis luulet?" hän kysyi.

"Et ole niin ujo kuin luulin. En olisi koskaan odottanut sinun tulevan sanomaan nämä asiat minulle suoraan. Olen vaikuttunut."

Hän hymyili: "Kiitos".

"Mitä seuraavaksi pitäisi tapahtua?"

"En tiedä", hän kohautti olkapäitään kiusallisesti. "Se on sinusta kiinni. Mutta haluaisin liikesuhteemme jatkuvan."

"Ole rohkea, Cristina. Kerro minulle, mitä tapahtuu seuraavaksi. Juuri tällä hetkellä. Haluan tietää, mitä ajattelet. Yllätä minut."

Hän keräsi rohkeutensa ja katseli Paulia päättäväisenä.

Hänen huulensa puristivat ja nenä nykisi hieman.

Hänen katseensa olivat Paulissa, joka oli stoinen ja odotti hänen tekevän jotain rohkeaa.

Cristina nousi ylös ja harjasi mekkoaan käsillään.

Hänen sormensa kietoutui hänen mekkonsa hihnojen ympärille.

Hän työnsi hihnat sivuun ja liikutti vartaloaan, jolloin mekko putosi lattialle.

Hän seisoi Paulin edessä valkoisissa rintaliiveissään ja pikkuhousuissaan, kaunis mekko nilkkojen ympärillä.

"Mitä sinä teet?" hän kysyi tunteetta.

"Näytän omistautumiseni työhön."

"Ehkä olet ymmärtänyt minut väärin. En usko, että tämä on oikea tie sinulle."

"Et käske minua lopettamaan", hän vastasi. "Enkä myöskään kuule sinun valittavan."

Paulin silmät vaelsivat hänen niukasti pukeutuneen ruumiin yli.

Hän oli keskivartaloinen, hieman hoikka.

Pienet rinnat ja kapeat lantio.

Oli selvää, että hän harjoitteli harvoin, koska hänen lihasjänteensä oli heikko.

"Olet aika viehättävä", hän huomautti.

Hän riisui mekkonsa ja otti useita askeleita eteenpäin, kunnes seisoi suoraan Paulin edessä.

"Tässä on sopimus", hän sanoi rohkeasti. "Uusi sopimus. Tulen olemaan yksinoikeudellinen palveluntarjoajasi. Olen myös mallisi aina, kun sen katsot tarpeelliseksi. Voit saada minut tulemaan, jos haluat. Jos minusta tuntuu todella hyvältä, palautan palveluksen ilmaiseksi. "

Hän kohotti kulmakarvojaan.

"Voitko takaisin palveluksen?"

"Saan sinut tulemaan. Vapaa. En ole prostituoitu. Ajattele sitä palkkiona kiitolliselta vastaanottajalta."

"Kuulostaa epätavalliselta liikesuhteelta."

"Olemme joka tapauksessa jo ylittäneet rajan", hän sanoi.

"Minun täytyy harkita sitä."

Cristina kurkotti alas ja tarttui Paulin ranteeseen ja toi kätensä pikkuhousuihinsa.

Hän kosketti hänen pikkuhousunsa ulkopuolta ja hieroi hänen jalkojensa väliä.

"Ajattele nopeasti", hän sanoi. "Muuten peruutan tarjouksen."

Hän hymyili puoliksi.

"Rohkea uusi Cristina. Pidän siitä."

"Minä myös."

Paul painoi sormensa kovemmin Cristinan pikkuhousuja vasten.

Hän voihki kuumasta kosketuksesta.

Hän voihki vielä enemmän, kun Paul liukui kätensä hänen pikkuhousunsa sisään koskettaen hänen paljaaa pilluaan.

Hän oli kiihtynyt, eikä siitä ollut epäilystäkään.

"Olet märkä", hän huomautti ja katsoi häntä.

"Tiedän."

"Ota rintaliivit pois. Anna minun nähdä sinut."

Cristina kurotti irti rintaliivit ja heitti sen sohvalle.

Hänen pirteät pienet rinnansa vapautuivat.

Hänen nännit olivat vaaleanpunaiset ja pienet.

Heidät kovettuivat nopeasti kylmästä ilmasta ja ilmeisestä seksuaalisesta kiihotuksesta.

Hän vastusti halua peittää rintansa käsillään, koska hän oli aina tuntenut olonsa epävarmaksi rinnallaan.

Mutta hän yritti olla rohkea ja työnsi rintaansa eteenpäin.

"Sinä pidät niistä?" hän kysyi.

"Rakastan jokaisen naisen rintoja. Jokainen on ainutlaatuinen ja erityinen omalla tavallaan. Sinun ei ole poikkeus. Ne ovat ihania."

"Kiitos herrani."

" Herra?" hän kysyi retorisesti. "Luulen, että tiedät mistä pidän."

"Ja mistä sinä pidät?" hän kysyi hämmentyneenä.

"Kiinteistö."

"Vai niin..."

Paul veti molemmin käsin Cristinan pikkuhousut lattialle jättäen tytön täysin alasti päästä varpaisiin.

Hän nousi ylös ja otti Cristinaa kädestä.

"Seuraa minua", hän sanoi. "Haluaisin näyttää sinulle jotain."

Hän johti Cristinan käytävään pitäen häntä kädestä romanttisella tavalla.

Cristina oli hermostunut, mutta jatkoi.

Hän tiesi, että he olivat menossa orjahuoneeseen.

Ajatus sai hänet innostuneeksi ja hermostuneeksi.

Ovi oli raollaan ja Paul avasi sen.

Hän sytytti valot ja he menivät sisään.

Ilma oli kylmä, mikä teki Cristinan nänneistä vieläkin kovemmat.

Hänen katseensa välähti hänen ympärillään ja hän ihmetteli, mitä Paul oli suunnitellut.

"Sinulla on uusia velvollisuuksia", Paul sanoi. "Odotan täydellistä tottelevaisuutta. Odotan sinua alasti aina. Ymmärrätkö?"

"Kyllä minä ymmärrän."

"Nojaa pöydän yli", hän sanoi. "Matsasi päällä. Sidon sinut. Haluan sinun kumpuilevan taas."

"Kyllä herra."

Cristina katsoi pelottavaa pöytää.

Se oli erilainen pöytä kuin ennen.

Mutta se tuntui yhtä epämukavalta ja kipeältä.

Puu näytti vanhalta, ja myös metallirunko.

Ei ollut mitään järkeä valittaa.

Hän teki kuten käskettiin ja laski paljaat rinnansa ja vatsansa puupöydälle.

Se oli epämukavampaa kuin odotin.

Puu oli viileää ja pisti hänen herkkiä nännejä.

Hänen silmänsä katsoivat maahan.

Hän kuuli Paulin kävelevän huoneessa ennen kuin tuli hänen luokseen.

"Aion sitoa sinut", hän sanoi. "Rentouta käsiäsi ja jalkojasi. Tämä on yksinkertainen prosessi, jos olet rauhallinen."

"Hyvin."

"Oletko varma, että haluat tämän?"

"Kyllä", hän vastasi.

"Koska?"

"Koska haluan kumartaa taas."

Christina ei saanut vastausta.

Sen sijaan hän tunsi Paulin sitovan jokaisen hänen nilkkansa pöydän kylmään metallirunkoon.

Se oli epämiellyttävää ja hieman pelottavaa.

Jokainen solmu oli erittäin tiukka.

Köysi oli paksu, mikä loukkasi hänen ihoaan.

Sama prosessi suoritettiin hänen ranteissaan.

Jokainen nukke sidottiin metallirunkoon samalla tavalla.

Kun hän lopetti, hänen nilkkansa ja ranteensa oli sidottu tiukasti pöytään.

Hän oli kasvot alaspäin paljas vatsa ja hänen rinnansa painuivat lujasti puupintaa vasten.

Oli aika pelottava tunne tietää, että hän oli antanut Paulille ehdottoman vallan kehoonsa.

Hän oli selvästi ja täysin avuton.

Jokin osui hänen paljaaseen pohjaansa.

Se tuntui kovalta, mutta samalla pehmeältä.

En ollut varma, mikä se oli.

Sitten hän tunsi Paulin sormien harjaavan häntä takaa.

"Haitatko, jos kosketan sinua näin?" hän kysyi tietäen vastauksen.

"Ei."

"Hyvä. Pidän ihostasi. Olet hyvin hellä..."

Paulin käsi vaelsi hänen pohjansa yli ja tunsi jokaisen mutkan.

Hän hieroi kutakin hänen pakaraan vahvoilla käsillään.

Sitten hän tunsi jälleen jotain kovaa koskettavan hänen pohjaansa.

Siinä oli sileä kaareva pinta.

"Mikä tuo on?" hän kysyi.

"Se on vibraattori. Oletko koskaan käyttänyt sellaista ennen?"

"Ei."

"Haluaisitko tuntea sen?"

"Olen avoin sille."

"Hyvä tyttö."

Huoneesta kuului äkillinen surina, joka sai väreet pitkin Cristinan selkärankaa.

Hänen silmänsä pysyivät kiinnittyneinä maahan, kun hän kuunteli surinaa.

Hänen vartalonsa nykisi rajusti sillä hetkellä, kun surina kosketti klitisen kärkeä.

Se oli tuskallista, huonolla tavalla ja hyvällä tavalla.

Hän yritti taistella sitä vastaan taistellen köysiä vastaan, mikä oli hyödytöntä.

Surina lakkasi.

"Lopetetaanko tämä?" kysyi.

"Ei. Ole kiltti, ei. Minä lopetan liikkumisen."

"Hallitse itseäsi Cristina."

Surina palasi, kun vibraattori käynnistettiin uudelleen.

Hän kosketti hänen klitistään, ja Cristina teki parhaansa pysyäkseen paikallaan.

Hän taisteli taisteluhalua vastaan hyväksyessään värähtelyn tunteen herkimmällä alueellaan.

Se sai hänen sormensa käpristymään rajusti.

Hän puristi hampaitaan, kun hänen leukansa sulkeutui.

Hänen nyrkkinsä puristettiin tiukasti.

Klitterin kiduttaminen vibraattorilla oli viimeinen asia, jota hän odotti.

Se surisi ja sumisesi.

Täryttimen kärkeä pidettiin klikkaa vasten, kunnes hän luuli sen räjähtävän.

Juuri ennen kuin hän oli huutamassa tuskissaan, Paul liikutti vibraattoria ja työnsi sen hänen kuseelleen.

Se oli surrealistinen tunne.

Siitä oli pitkä aika, kun he olivat menneet häneen trillään muulla kuin sormillaan.

Tärinä hänen pillunsa sisällä oli sekoitus kipua ja nautintoa.

Paul työnsi ja veti taitavasti seksilelua.

Cristina teki parhaansa ollakseen huutamatta.

"Pidätkö sinä tämän kanssa?" hän kysyi nauraen.

Christina huokaisi.

"Minä...minä...öh..."

"Kyllä vai ei?"

"Kyllä! Jumala, kyllä."

Paul työnsi laitteen syvemmälle Cristinan kuseen, mikä sai tämän haukkomaan enemmän.

Hän oli melkein hengästynyt, kun hän meni täysin hänen kehoonsa.

Hänen kätensä ja jalkansa vetivät köysiä, mutta turhaan.

Hän oli loukussa tehokkaan vibraattorin kanssa märän emättimen sisällä.

"Oletko lähellä?" kysyi.

Hän kamppaili sanojen puolesta.

"Kyllä melkein..."

"Juokse luokseni, kulta."

Vibraattori työnnettiin ja vedettiin Cristinan kuseen ilman armoa.

Hän yritti rentouttaa kehoaan, mikä aina helpotti hänen orgasmiaan.

Hän teki parhaansa rentouttaakseen emättimen lihaksia venytyksestä, jolloin Paul pääsi tahtonsa mukaan.

Hänen orgasminsa oli välitön vibraattorin ansiosta.

Ja se oli erilainen orgasmi, jota hän oli tuntenut aiemmin.

Sitominen ja piiskaus, kun hänen pilluansa työnnettiin värisevä esine, oli voimakas yhdistelmä.

Cristinan varpaat kaareutuivat enemmän ja hänen nyrkkinsä puristettiin kovemmin.

Hänen kehonsa jokainen lihas supistui.

Hänen haukkumisensa ja valituksensa kovenevat.

"Voi luoja... Voi luoja... Voi luoja..."

Yhtäkkiä laite vaihtoi suuremmalle nopeudelle ja tärinät tulivat paljon voimakkaammiksi.

Cristina huusi voimakkaasta tärinästä, kun häntä työnnettiin ja vedettiin pilluansa.

Hän itki.

Sitten hän nyyhki hillittömästi huipentuessaan.

Nestepurkaus pursuhti hänen kusipäänsä sisältä aiheuttaen sotkun pöydälle ja jättäen lätäkön kovalle lattialle.

Täryttimestä tuli lisää työntöjä, kunnes nesteet loppuivat.

Paul poisti vibraattorin Cristinan pillusta, mikä sai kovaa surinaa.

Sitten hän sammutti sen.

Kun emättimen hyökkäys oli vihdoin ohi, Cristinan pillu oli tippuva sotku.

Hänen kosteutensa oli kuin pieni orgasminen joki.

Hänen pillunsa kimmelsi emätinnesteistä.

Pöytä oli märkä.

Ja nesteet putosivat lattialle kuin tippuva hana.

Cristina oli tuskin tajuissaan, kun hän hitaasti palasi malttinsa.

Se oli ylivoimaisesti paras orgasmi, jonka hän oli koskaan kokenut elämässään.

Hän kuuli Paavalin askeleiden lähestyvän hänen päätään.

Paul kumartui ja suuteli hänen hiuksiaan.

Hän ihmetteli, miksi Paul ei ollut vielä irrottanut häntä.

"Olemme... olemme...valmis..." hän onnistui puhumaan.

"Ei vielä. Muistatko lupauksesi?"

"Kumpi heistä?" hän voihki.

"Sanoit, että jos pakottaisin sinut tulemaan, niin vastaisit palveluksen. Miltä orgasmisi siis tuntui?"

"A... vitun... uskomatonta", hän purskahti.

Paul hymyili hänelle.

"Hyvä tyttö. Haluaisitko nyt palauttaa palveluksen?"

"Kyllä sir. Aiotko vapauttaa minut?"

"Pidän sinusta tässä asemassa."

Cristina kuuli Paulin housujen avautumisen äänen.

Hän tiesi tarkalleen, mitä Paul halusi.

Hän seisoi edelleen hänen kasvojensa vieressä, mikä tarkoitti, ettei hän ollut kiinnostunut naimisesta, ainakaan tänä päivänä.

Hän katsoi ylös, kun Paul tuli lähelle hänen kasvojaan.

Hän näki hänen kovaa kalunsa osoittavan suoraan hänen huulilleen.

Oli selvää, mitä hän halusi.

Himokkaalla sydämellä Cristina haukkoi henkeään, kun Paul otti askeleen eteenpäin ja astui hänen huultensa väliin.

Ei ollut tunneprosessia eikä aikaa sopeutua.

Paul vain työnsi lantiotaan eteenpäin, jotta Cristina voisi imeä kuten hyvän sukellusveneen kuuluu.

"Jumalani. Sinulla on huulet kuin enkelillä", hän sanoi vaikuttuneena siitä, mitä hän tunsi kalussaan.

Suuseksi ei ole koskaan ollut Cristinan juttu.

Hän ei koskaan ollut kovin hyvä siinä, eikä hänen mieltymyksensä ollut koskaan tehdä sitä.

Mutta Paulin kanssa hän halusi miellyttää häntä.

Varsinkin kun voimakas orgasminen tunne virtaa edelleen hänen kehonsa läpi.

Hänen taitojen puute ei ollut ongelma, koska hänen ruumiinsa oli edelleen sidottu pöytään.

Paul teki kaiken työn työntäen lantiotaan varovasti puolelta toiselle.

Hän tarvitsi vain lämpimän suun naimiseen.

Cristinan täytyi vain pitää huulensa tiukasti Paulin kovan jäsenen ympärillä ja imeä.

"Vittu, minä aion kumartaa", Paul murahti. "Ja sinä aiot niellä sen."

Hänen käskytajunsa oli jännittävää Cristinalle syystä, jota hän ei voinut ymmärtää.

Hän tunsi Paulin kädet hierovan hänen hiuksiaan hänen imeessään.

Hän tunsi jäsenensä vieläkin jäykemmiksi suunsa sisällä.

Hän teki parhaansa käyttääkseen kieltään hänen jäsenensä kanssa, mikä hänelle oli aina kerrottu tuntuvan hyvältä.

Kukko upposi hänen suuhunsa ja sai hänet suutelemaan.

Heinärefleksi oli kauhea.

Mutta Paul kuvitteli, kuinka paljon Cristina pystyi kestämään, joten hän ei koskaan painostanut liikaa.

Se oli ammattimiehen merkki, hän ajatteli itsekseen.

Hän katseli, kun Paul silitti itseään saadakseen orgasmin, kun hänen erektionsa kärki oli vielä hänen suussaan.

Hän piti huulensa tiukasti hänen ympärillään.

Paul murahti silitellen häntä raivokkaasti.

Sekuntia myöhemmin hänen kielensä oli Paavalin siemennesteen peitossa.

Ruisku ruiskutuksen perään.

Siinä oli eri maku.

Hän nielaisi kovasti estääkseen suunsa vuotamasta yli.

Sekunteja myöhemmin siemennesteen virtaus pysähtyi ja Cristina nielaisi kaiken.

"Jumalani", Paul sanoi vetäen kukkonsa ulos suustaan. "Se oli ihanaa. Mistä sinä opit imemään noin?"

Hän kumartui hetkeksi ennen kuin nousi seisomaan sulkeakseen housunsa vetoketjun.

Sitten hän kumartui vapauttaakseen Cristinan.

Vapautuessaan hän silitti omia ranteitaan ja nilkkojaan, joissa oli tummanpunaisia jälkiä.

Hän tajusi nopeasti, että hän oli edelleen täysin alasti eikä hän enää välittänyt.

Hän halusi olla alasti Paulin edessä.

"Pidin todella koko kokemuksesta", hän totesi luottavaisesti.

Paul kosketti hänen kaulaansa ja suuteli hänen otsaansa ja sitten enemmän hänen poskilleen.

Lopulta hän suuteli useita suudelmia hänen hiuksiinsa.

"Minä myös. Kumppanuutemme tulee toimimaan loistavasti. Ajattele kaikkia mahdollisuuksia, joita voimme jakaa yhdessä."

"Tiedän."

"Olet kuin perhonen, joka kasvaa silmieni edessä", hän sanoi.

"Se kaikki johtuu sinusta", hän hymyili. "Jos nyt annat minulle anteeksi, tein jotain hyvin erikoista lounaaksi. Tulet rakastamaan sitä. Olen varma, että olet saanut ruokahalun, joten minun on parempi mennä tekemään se nyt."

Cristina nousi ylös ja käveli alasti ovelle.

Hänen kävelyssään oli luottamusta.

Hän rakasti olla alasti.

Se oli hauskaa.

Nesteet valuivat hänen jalkojaan pitkin.

Siemennesteen maku oli edelleen hänen suussaan.

Sitten hän pysähtyi saapuessaan ovelle ja kääntyi Pauliin päin, ylpeänä alastomasta kehostaan.

Hän käski häntä olemaan murehtimatta olohuoneen sotkua, vaan hän siivoisi sen myöhemmin.

Se oli osa hänen uusia tehtäviä.

LOPPU

ALISTUVA NAINEN KOKKI 2
MESTARIKOKI

73

MICHAEL

75

LUKU I

Hän tiesi pienestä pitäen haluavansa kokkiksi.

Tein kovasti töitä toteuttaakseni tuon unelman ja sain vihdoin kaiken, mitä koskaan halusin, kun tarjoilessani aterioita Paulille hän suositteli minua ja sain pääkokin paikan yhdessä New Yorkin parhaista ravintoloista.

Mutta huipulle pääsemisellä oli sivuvaikutuksensa henkilökohtaiseen elämääni.

28-vuotiaana minulla on hyvin vähän ystäviä, ja vaikka minulla on ollut muutama poikaystävä, kenelläkään heistä ei ollut vakavaa rakkautta.

Tapasin Michaelin ja hänen vanhemman veljensä Tonyn paikallisilla viljelijöiden markkinoilla, joilla käyn usein.

He omistivat yhdessä ruoka-auton ja perustivat kaupan viljelijöiden markkinoille joka viikko.

Noin vuosi heidän tapaamisensa jälkeen Tonylle tarjottiin pääkokin paikkaa paikallisessa ravintolassa, eikä Michael halunnut johtaa ruoka-autoa yksin.

Ravintolani kokki lähti hiljattain saadakseen uuden mahdollisuuden.

Joten palkkasin Michaelin hänen tilalleen.

Työskentelimme alusta asti erittäin hyvin yhdessä.

Onnistuimme säilyttämään työsuhteen, vaikka olin häneen erittäin kiinnostunut.

Useimmat ihmiset sanoisivat, että Michael oli ulkonäöltään normaali.

Minusta se oli kuitenkin kaunis.

Michael on noin 1,80 pitkä ja painaa ehkä 85 kiloa.

Hänellä on lyhyet, sotkuiset, mustat hiukset.

koko ajan puoliparta ja kauniit pähkinänruskeat silmät.

LUKU II

Suljettuamme ravintolan yöksi Michael, minä ja muutama muu ravintolasta menimme usein ulos, syömään ja juomaan viiniä rentoutuakseen pitkän työpäivän jälkeen.

Hän on todella hauska.

Joten toivon, että voin päästää siitä irti, kun sen aika tulee.

Michael ja minä hiipimme lenkille silloin tällöin, kun pystyimme.

Rakastan juoksemista hänen kanssaan.

Hän on usein paidaton ja hänen hiki loistaa hänen vartalollaan.

Ajattelen kuinka mielelläni juoksisin kielelläni hänen hikinen vartalonsa yli.

Kuvittelen meidän molempien olevan kuuma ja hikinen kun vitussa.

Mutta minun täytyi päästää irti nuo ajatuksista ja keskittyä juoksemiseen, ei häneen.

En voinut sekaantua suhteeseen jonkun kanssa, jonka kanssa työskentelen ja joka on myös työntekijäni.

Joka tapauksessa, en tiedä pitäisikö hän minusta.

Olen 5'6, painan noin 130 kiloa, minulla on aaltoilevat olkapäille ulottuvat hiukset, muutama luoma ja käytän nyt mustia reunalaseja.

En ole missään tapauksessa liian laiha, saatan olla söpö, mutta en ole kaunis.

En ole sellainen, jota kutsuisit jokaisen miehen unelmaksi, ainakin näin itseni.

Eräänä päivänä valmistautuimme illalliselle ja Michael oli liian kiltti minulle.

Vitsailimme aina ja pidimme hauskaa ravintolassa, mutta tämä ilta oli erilainen.

Koko yön hän löysi syitä koskettaa minua liikaa.

Jos hän tarvitsi jotain, joka oli vieressäni sen sijaan, että hän kävelisi hakemaan sitä, hän tuli taakseni ja taputteli perässäni.

Kerran, kun puhuin toisen kokin kanssa, joka työskenteli asemallani vastapäätä, hän tuli taakseni ja oli niin lähellä, että tunsin hänen ruumiinsa lämpönsä.

Kuulin hänen hengittävän syvään, kun hän haisti hiukseni.

Tunsin hänen hengityksensä kaulallani, mikä lähetti vilunväristykset läpi koko kehoni.

Toisen kerran kurkoilin jotain korkeilta hyllyiltä, mikä on yleinen ongelma kaltaisilleni lyhyille tytöille, ja hän tuli taakseni auttamaan minua ja hieroi haaraansa peppuani vasten.

Tuolloin hän ei ollut varma, mitä hänelle oli tapahtunut.

Mutta minä nautin siitä.

Kuvittelin hänen pakottavan itsensä kimppuuni siellä keittiössä ja naivan minua takaapäin.

Pelkästään sen ajattelu sai minut märkäksi.

Yritin olla antamatta hänelle tietää, että tunsin sen, ja rukoilin, ettei kukaan muu huomaisi.

Minun piti hallita keittiötä ja mitä enemmän minun piti tehdä, sitä vaikeampaa oli keskittyä saamaan nämä astiat ulos illallisaikaan ajoissa.

Onnistuin käymään palvelun läpi, kun kaikki toimi hyvin ja ajallaan.

LUKU III

Olimme sulkemassa yötä ja Martin, astianpesukone, tuli ulos ja jätti Michaelin ja minut siivoamaan loppuun.

Pääni pyöri niin kiireisen palvelun jälkeen, ja kaiken lisäksi Michael piti kätensä ja haaransa päälläni koko yön.

Mietin, että mistä tässä muuten on kyse.

Hän ei ole koskaan ollut näin fyysinen kanssani.

Vitsailemme ja kiusaamme toisiamme, mutta emme koskaan mitään fyysistä.

Olimme valmiit yöksi ja matkalla tapaamaan muita työtovereita ja kokkeja suosikkipaikassamme syömään illallista ja viettämään aikaa töiden jälkeen.

Yleensä vain kävelimme sinne, koska se oli vain muutaman korttelin päässä.

Suljin oven ja aloimme kävellä kujaa pitkin ja tunsin Michaelin laittavan kätensä selälleni puhuessamme.

Tämä on hyvä, ajattelin, ettei tässä ole mitään haitallista.

Hän luultavasti vain etsii minua.

Jatkoimme kävelemistä ja hänen kätensä siirtyi alemmas takapuolelleni ja puristi.

Käännyin ja huusin hänelle.

"Michael, mitä sinä teet? Olet ollut käsissäsi koko yön! Olen yrittänyt jättää sen huomioimatta luullen sinun lopettavan tai ehkä et tajunnut mitä olit tekemässä. Mutta tämä... tämä on se on jo "ilmeistä".

Sanoin sen katsoen häntä parhaalla katseellani, nyt sinun on vastattava minulle.

Michael katseli ympärilleen ikään kuin hän yrittäisi löytää sanoja selittääkseen käyttäytymistään.

Sitten hän lopulta puhui.

"Cristina... olen pitänyt sinusta siitä lähtien, kun tapasimme viljelijän torilla. Mutta en koskaan voinut kertoa sinulle. En uskonut, että antaisit kaltaiselleni kaverille mahdollisuutta." Michael selitti.

Keskeytin hänet ja kysyin häneltä:

"Joten luulit voivasi kertoa minulle, että olet kiinnostunut minusta puristamalla persettäni?"

"Tiedän, mutta olen kuullut, että sinulla on alistuva puoli, Cristina, olen pahoillani, siksi hyväilin peppuasi." Hän pysähtyi ja jatkoi sitten: "Ja tänä aamuna lenkillämme näytit niin kiimainen, että kesti kaiken, mitä en voinut viedä sinut syrjäiseen paikkaan puistoon ja naida sinua siellä. Ajattelen sinua koko ajan. " "

Olin lattialla.

Michael ajattelee minua ja harrastaa seksiä kanssani?

Ymmärsitkö, että olen alistuva ja pidän herruudesta?

Miten se voi olla?

Hän pitää minua seksikkäänä ja haluaa naida minua?

Ja kaiken tämän ajan jälkeen kerrot sen minulle?

Olen piilottanut samoja tunteita häntä kohtaan, koska minä pelkäsin hylkäämistä ja hän myös pelkäsi hylkäämistä.

Tunsin olevani eksyksissä hänen lausunnossaan, mutta tunsin myös oloni vapautuneeksi.

Voimmeko tehdä tämän?

Michael veti minut sitten lähemmäs itseään ja katsoi silmiini.

Tuntui kuin hän olisi etsinyt hyväksyntää ja hyväksyntää.

Hänen suunsa näytti niin herkulliselta, hänen silmänsä polttivat syvälle sieluani.

Niin se tapahtui.

LUKU IV

Michael pujotti kätensä hiusteni läpi ja veti minua lähemmäs ja suuteli minua.

Se oli pitkä, kova, intohimoinen ja erittäin kuuma.

Vetäydyin pois ja tunsin pyörtymistä tunteesta.

Tunsin sydämeni hakkaavan.

"Michael, olen halunnut tätä niin kauan. Pidin myös sinusta siitä hetkestä lähtien kun tapasimme, enkä uskonut sinun antavan minulle mahdollisuutta. Sitten meistä tuli niin hyviä ystäviä, että en halunnut pilata sitä ." sanoi.

"Cristina, tänä yhdessä työskentelyn aikana olen nähnyt sinun ottavan johtoa keittiössä, vaativan kunnioitusta ja henkilökunta antaa sen sinulle, koska ansaitset sen. Kaikki rakastavat sinua. Olet keittiön kuningatar. Olet täydellinen Domme . Olet ! ihastuttava! Rakastan tapaa, jolla työnnät hiuksesi söpöjen pienten korviesi taakse. Rakastan tapaa, jolla laulat itsellesi ja tanssit, kun et usko, että kukaan on lähellä tai kuuntele."

Michael pyysi.

"Älä ajattele niin vähän itsestäsi. Koska en usko."

Sitten, ennen kuin tiesin mitä olin tekemässä, vedin häntä kohti minua ja suutelimme taas.

Kätemme olivat toistensa päällä.

En voinut vastustaa sitä enää.

Halusin hänet.

Tarvitsin sitä

NYT!!

Kun suutelimme ja kosketimme, Michael työnsi minut rakennuksen takaosaa vasten.

Hän riisui kokini takkini samalla kun hän suuteli ja nuoli korvaani ja sitten kaulaani.

Hänen kätensä laskeutuivat housuihini ja hän avasi ne ja avasi ne hitaasti.

Laitoin käteni hänen harteilleen vakauttaakseni itseni.

Hän polvistui ja irrottaessaan housuni hän suuteli vatsaani, lantioon asti, sitten sisäreiteeni.

Lopulta hän riisui housuni ja heitti ne takkini kanssa.

Mieleni pyöri kilometriä tunnissa, sydämeni hakkasi nopeasti.

En voinut uskoa, että tämä vihdoin tapahtuisi.

Ja kaikista paikoista, joita se voisi olla, se oli ravintolan takana ja pimeällä kujalla.

Mutta en enää välittänyt.

Halusin niin kovasti Michaelin sisälläni.

Pilluni alkoi sykkimään ja kastumaan.

Sitten Michael katsoi minua villin silmin ja sanoi:

"Oletko varma tästä Cristinasta? Voimme lopettaa milloin haluat. Kerro vain minulle, okei?"

Yritin vetää henkeäni ja vakuutin hänelle:

"En ole koskaan ollut niin varma mistään elämässäni."

LUKU V

Hän alkoi suudella sisäreitteni.

Jättää jälkiä pehmeistä ja hellistä suudelmista.

Kun hän saavutti märän pilluni, hän hengitti syvään ja näin hänen hymyilevän.

Hän laittoi sormensa punaisten pikkuhousujeni alle ja liu'utti ne alas saadakseen ne pois tieltä, mikä häntä alla odotti.

Sitten hän alkoi suudella koko pilluani, mutta ei vielä koskenut siihen.

Voisin kertoa, että hänellä oli hauskaa pilaamalla minua.

Lopulta muutaman minuutin kuluttua hän syöksyi kielensä märän pilluni poimujen väliin ja nuoli häntä odottavat mehut.

Laitoin käteni hänen hiuksiinsa ja hän nosti jalkani olkapäänsä yli helpottamaan pääsyä.

Se tuntui niin hyvältä.

Hän söi pilluani.

Hän aloitti rytmin imemällä ensin klitoistani, sitten kielelläni peräaukon reikääni, sitten nuolemalla märästä reiästäni klitooseen ja aloittaen uudelleen.

Hän teki sen yhä uudelleen ja uudelleen.

Se tuntui niin hyvältä.

Halusin laittaa kieleni ja sormeni peräaukon sisään.

Että hän laittoi minut seinää vasten ja pakotti minua kovasti, laittamalla kukkonsa selkääni.

Mutta en ole koskaan ennen syönyt näin.

Michael oli erittäin hyvä ja nautin joka minuutista.

En tiennyt kuinka kauan minulla kestää ennen kuin tulen.

Sitten hän työnsi sormen minuun liu'uttamalla sitä sisään ja ulos, kun hän imi klitoistani.

Tätä jatkui vielä pari minuuttia.

Ja en kestänyt sitä enää.

"Michael, minä kumarran, jos et lopeta!"

Hän ei pysähtynyt, hän oli säälimätön.

Tajusin, että hän halusi minun tulevan.

Joten lopulta päästin irti.

"Aaahhh, vittu Michael!" Voihkaisin, kun tulin hänen kasvoilleen.

Kehoni kouristeli, kun nautinnon aallot huuhtoivat ylitseni.

Michael ei menettänyt pisaraakaan mehuistani tarttuessaan minuun.

Kun hän alkoi nousta korkeuteeni, hän alkoi suudella tiensä takaisin napaani ja poisti sitten hitaasti mustan kamisolini.

Aloin hermostua, että joku kuuntelee meitä.

Katsoin molempiin suuntiin, mutta en nähnyt ketään.

Olin jo riisunut punaiset rintaliivit.

C-kupin rinnani sopivat täydellisesti hänen lämpimiin käsiinsä, kun hän puristi niitä.

Hän alkoi imeä pystyssä olevia nännejäni.

Ajoittain hän puri niitä kevyesti lähettäen ilosäteen kuseeni.

Hän työskenteli molemmilla rinnoillani, kun minä raapuin hänen selkänsä ja hänen kauniin takapuolensa.

En tiedä miksi odotimme niin kauan kertoaksemme toisillemme tunteistamme ja nyt olemme pimeällä kujalla valmistautumassa naimiseen!

Tästä tuli liikaa minulle, joten vedin häntä lähemmäs ja suutelin häntä.

Hän saattoi maistaa minut suussaan.

Hän oli suloinen ja tuntui erittäin likaiselta ja jännittävältä nauttia mehuistani hänen kanssaan.

Aloin hukata itseni syleilyyn.

Minusta tuntui, että sielumme yhdistyivät tavalla, jota en ollut koskaan tuntenut kenenkään kanssa.

Keskeytti ajatukseni, hän yhtäkkiä käänsi minut ympäri ja katsoi tiiliseinää.

Laitoin takapuoleni sisään, puristan hänen haaraansa ja pyysin häntä tekemään sen, mitä hän halusi eniten.

Hän levitti jalkani ja avasi housunsa.

Tunsin hänen hierovan isoa sykkivää kaluaan ylös ja alas perseeseeni ja sitten pilluani.

Pysähdyin seksini avaukseen.

" Michael ota minuun nyt takaa!" rukoilin häntä.

"Tätäkö haluat narttu? Cristina, kerro minulle, pyydä minua naimaan sinua perseeseen"

Hän alkoi hitaasti syöksyä kukkonsa kärkeä tiukkaan reikääni ja kastella sormeaan mehuillani, sitten takaisin ulos.

Pilkkaa minua.

Hänen epäkunnioittumisensa sai minut ihastumaan enemmän kuin koskaan ennen.

"Kyllä, Herra. Vittu minua. Vittu minua kovaa. Todella kovaa." sanoin kun käännyin hieman ympäri ja katsoin häntä.

Hänen silmänsä olivat täynnä intohimoa ja himoa minua kohtaan.

Yhtäkkiä se törmäsi minuun yhdellä kertaa.

Antaa minulle kaiken, mitä hänellä oli, kahdeksan tuumaa perseessäni!

Se tuntui niin hyvältä.

En voinut uskoa kuinka suurelta ja tuskalliselta se tuntui sisälläni.

Täyttää minut täysin.

"Aaahhhh vittu! Joo joo joo! Anna se minulle! Kovempi! Vittu minua kovemmin! Piiske minua!"

Hän alkoi lyödä minua pakaraan, kun hän löi minua kovaa seinää vasten.

Hänen kalunsa liukui melkein kokonaan peräaukoni sisään voimakkaasta työntöstä, jonka hän antoi minulle.

Sitten hän alkoi vetää sitä ulos jättäen vain päänsä sisään ja törmäsi minuun uudelleen.

Hän teki niin useita kertoja.

Se sattui yhä vähemmän ja nautinto oli yhä uskomattomampaa.

Nojasin käteni seinää vasten voidakseni edelleen pitää kiinni siitä, että hän otti minut tällä voimalla.

Kun hän piti vyötäröstäni toisella kädellä ja olkapäätäni toisella, hän jatkoi minua naimista.

Sitten hän hidasti vauhtia ja aloitimme rytmin.

Perääntyin kohdatessani jokaisen hänen työntönsä.

Se oli hypnoottista ja tuntui niin hyvältä.

Sitten hän otti kätensä olkapäältäni, kosketti klitoriaani ja alkoi työstää sitä jatkaen perseeni naimista.

Minusta tuntui, että aion juosta taas.

Mutta hänen on täytynyt tuntea lihakseni jännittyvän ja pysähtyneen.

"Et silti voi cum, narttu, haluan cum kanssasi tällä kertaa Cristina."

Michael kuiskasi säädyttömät sanat korvaani, kun hän veti ison kalunsa ulos laajentuneesta peräaukostani.

Sitten hän laskeutui polvilleen ja alkoi suudella persettäni, alkaen perseestäni ja päättyen laajentuneeseen reikääni.

Tämä yllätti minut.

Yksikään aikaisemmista poikaystävästäni tai yrityksistäni, niin vähän kuin niitä olikaan, ei ollut yrittänyt suudella persettäni.

Mutta olen aina miettinyt, miltä se tuntuisi.

Nyt minulla on mahdollisuus.

Hän otti täysin hallintaansa pilluni ja myös peppuni.

Peräaukon työstäminen kielellään, sitten sormi, sitten kaksi.

Hitaasti aikaa valmistellakseen sitä hänelle.

Hän kohotti ylös ja alkoi leikkiä klitollani.

Polveni heikkenivät.

Kaikki tämä stimulaatio tuntui mahtavalta, mutta se oli myös ylivoimaista.

"Michael, ole kiltti! En kestä tätä paljoa enempää. Anna minulle mitä sinulla on ja pakota minut tulemaan!" Rukoilin himosta haukkoen. "Mutta tee siitä vaikeaa, haluan sinun hallitsevan minua. Tee kanssani mitä haluat."

Michael katsoi minua hämmästyneenä ja antoi minulle sen, mitä halusin, mitä me molemmat halusimme.

Ensin hän laittoi kukkonsa märkään pilluani voitelemaan sitä uudelleen.

Ja sitten tunsin sen taas kolossani. Hän työnsi nopeasti päänsä sisään ja odottamatta sen valmistumista hän työnsi koko jäsenensä sisääni. Se sattui jo niin paljon, mutta hitto, se tuntui niin hyvältä.

Hän tunsi minun jännittyneen ja hän alkoi nopeasti heilua edestakaisin antaen minulle joka kerta enemmän ja enemmän syvyyttä.

Vahvemmaksi, hurjammaksi.

Se oli super kuuma.

Tunsin hänen piiskaavan uudelleen, läimäyttäen minua joka kerta kun hän työnsi ison kalunsa sisälleni.

Tuntui upealta!

Hän tunsi minun jännittyvän enemmän ja alkoi naida minua vielä kovemmin.

Piteli vyötäröstäni molemmin käsin, hän liukui yhä syvemmälle minuun, kunnes tunsin hänen pallonsa iskevän märkää kusipäätäni vasten.

Se tuntui niin hyvältä.

Nostimme vauhtia ja se vei kaiken.

Tunsin itseni niin täyteläiseksi.

Hän löi rankaista, punaista persettäni yhä uudelleen ja uudelleen.

" Ooooohhhh... Aaahhhh... Vittu Michael... mikä kova kukko sinulla on. Se tuntuu niin hyvältä, älä lopeta." rukoilin häntä.

"Narttu, minulla ei ole suunnitelmia lopettaa lähiaikoina. Sinusta tuntuu liian hyvältä ja olen odottanut tätä pitkään. Aion naida sinua, kunnes pyörryt." Ne kuiskasi Michael, kun hän pisti minua vielä kerran.

Mutta hänen sanansa olivat laukaisinta.

Hän alkoi naida minua vielä kovemmin ja leikkimään klitsilläni taas.

En vain malttanut odottaa kauempaa ja aloin kiukutella.

Suustani tuli sanoja, joiden johdonmukaisuudesta en ollut edes varma.

Tunsin hänen pumppaavan nopeammin ja hänen kukkonsa turpoavan perseessäni.

Sitten hän vapautti kuormansa perseeseeni ja täytti sen.

Sitten se tihkuu ulos perseestäni, sekoittuen mehujeni kanssa, jotka valuvat pitkin reisiäni.

Hän pumppasi vielä muutaman kerran varmistaen päästävänsä kaiken sisälleni.

Kehoni vääntelehti upeasta nautinnosta.

Kun me molemmat lopetimme nauttimisen kauan odotetuista orgasmeistamme, kaaduimme maahan.

Istuin hänen sylissään, käännyin ympäri ja yritin suudella hänen kasvojaan.

Hän katsoi minua silmiin ja minä hänen kauniisiin pähkinänruskeisiin silmiinsä.

Molemmat olivat epäuskoisia sen suhteen, mitä juuri teimme.

Hän liukui hitaasti pois takamuksestani.

LUKU VI

Hetken kuluttua Michael työnsi hiukseni korvieni taakse ja sanoi:

"Cristina, olen pahoillani, että kesti niin kauan kertoa sinulle tunteistani. Mutta olen iloinen, että tunnet samoin minua kohtaan. En ole koskaan tuntenut näin ketään kohtaan niin paljon kuin sinä."

Kun kyyneleet alkoivat valua pitkin kasvojani, koska en ollut koskaan ennen tuntenut oloni niin onnelliseksi ja ymmärtänyt, sanoin ainoan asian, jonka pystyin.

"Tunnen samoin!"

Istuimme siellä vielä pari minuuttia toisiamme pitäen, kunnes kuulimme jonkun tulevan kujalla.

Kiirehdimme pukeutumaan ja juoksimme toiseen suuntaan, ennen kuin kukaan ehti nähdä meidät halkeilemassa.

Kun saavuimme ravintolaan viettämään aikaa ystäviemme kanssa, kaikki olivat jo hyvin innoissaan.

He kysyivät missä olimme olleet ja keksimme tekosyyn.

En usko, että he huomasivat suuria hölmöjä virnisteitä kasvoillamme tai tajusivat, että olimme naineet toisiamme perusteellisesti.

En malta odottaa, että pääsen kotiin Michaelin luo tekemään sen taas näin kovasti.

LOPPU

93

ALISTUVA NAINEN KOKKI 3

95

LYDIA

97

LUKU I

Kaikki on ollut pyörteistä viime viikkoina.

Muutama viikko sitten vitun Michaelin kanssa vain mielikuvituksessani.

Mutta siitä lähtien, kun Michael tapasi ensimmäisen kerran kanssani ravintolan takana olevalla kujalla, kaikki oli muuttunut.

Se mitä kerran tapahtui vain unissani, on nyt tapahtunut tosielämässä monta kertaa.

Hämmästyttävän ja hallitsevan sukupuolen lisäksi Michael saa minut tuntemaan oloni erityiseksi, kauniiksi ja halutuksi enemmän kuin koskaan ennen.

Olen kotoisin suuresta perheestä, joka rakastaa minua todella paljon.

Mutta heidän täytyy rakastaa minua ja kertoa minulle, että olen kaunis.

Michaelin ei tarvitse sanoa sitä!

Hän varmistaa, että hän tietää, että olen hänelle erityinen tyttö.

Michael ja minä vietämme niin paljon aikaa kuin voimme yhdessä.

Nukumme melkein joka yö toistemme asunnossa.

Itse asiassa hän on täällä kotonani juuri nyt.

Hän nukkuu edelleen sängyssäni.

Vietimme pitkän ja kiireisen yön ravintolassa.

Jälkeenpäin jätämme ulkoilematta muiden kanssa kuten yleensä.

Olemme myös onnistuneet pitämään romanssimme piilossa töissä sekä ystävien ja perheen kanssa.

En suunnitellut suhdetta kenenkään kanssa, jonka kanssa työskentelen.

Haluan varmistaa, että tämä toimii, mutta en ole varma, kuinka se vaikuttaisi auktoriteettiini pääkokina.

Joten haluan vain olla varovainen, kunnes olemme valmiita ilmoittamaan kaikille.

LUKU II

Kello on kahdeksan aamulla, ja teen hänelle hänen suosikkiaamiaisensa lapsesta asti, vain henkilökohtaisella otteella.

Tämä sisältää pannukakkuja yhdistettynä banaaniin, ananaseen ja saksanpähkinöihin, päälle kermavaahtoa ja makkaraa puolella.

Ja olen keittänyt kahvia.

Kaikki aamiaisen tuoksut sekoittuvat ilmassa, joten se tuoksuu täällä niin hyvältä!

Minulla ei ole päälläni muuta kuin hänen T-paitansa ja silmälasini, tietysti.

Hiukseni ovat sekaisin viime yön suuresta paskasta, mutta yritän kesyttää niitä sormillani.

Minulla on suosikkibändini soittamassa Spotifyssa

Yksi suosikkikappaleistani soi koko keittiössä.

Heilun puolelta toiselle ja menetän itseni laulun sydäntäsärkeviin sanoituksiin.

"Sinä tiedät vain sen, mitä haluan sinun tietävän. Tiedän kaiken, mitä et halua minun tietävän. Suusi on myrkkyä, suusi on kuin viiniä. Luuletko, että unelmasi ovat samat kuin minun... Voi, en tiedä. en tiedä. Ei, minä rakastan sinua, mutta huomenna rakastan sinua. Voi, en rakasta sinua, mutta tulevaisuudessa minä..."

"Mitä muuta mies voi pyytää ensimmäiseksi aamulla?" Michael sanoo takanani yllättäen minut. "Aamiainen, kahvi ja kuuma tyttö T-paidassani", hän viheltää sitten minulle.

Käännyn nähdäkseni Michaelin seisomassa keittiön ovella mustissa ja harmaissa housuissaan ja kieroutunut ilme kasvoillaan.

Hänen silmänsä loistivat kuin tuli, täynnä himoa.

Hänen pehmeät, mehukkaat huulensa avautuivat hieman, valmiina syötäväksi.

Näen sen hauskan pullistuman johtavan herkulliseen paikkaan, jonka olen oppinut tuntemaan erittäin hyvin.

Suuni kuivui katsoessani häntä niin jumalallisesti.

"Onko se valmis? Minun on hyvin nälkäinen." Hän sanoo pirullinen hymy kasvoillaan.

Hän tietää erittäin hyvin, mitä minulla on nyt nälkä, eikä se ole ruokaa.

Ja kaksi voi pelata sitä peliä.

"Jos puhut aamiaisesta, niin kyllä." Sanon hänelle, kun käännyn ja aloin asettamaan lautasemme ja kahvikuppimme. "Nukuitko hyvin? Tiedän, että nukun. Nukun aina paremmin, kun olet sängyssäni. Varsinkin hyvän seksin jälkeen!"

"Niinkö sinä teet sen? Nukuit varmaan erittäin hyvin viime yönä." Hän kertoo minulle silmänräpäyksessä ja vinosti hymyillen.

Vau, rakastan hänen suunsa ja asioita, joita hän tekee sillä.

Kävelen pienelle keittiösaarelle, jossa Michael on istunut, ja istun hänen kanssaan kahvimme, sitten pannukakku- ja makkaralautasemme ääressä.

Istuessani varmistin, että kosketin häntä kevyesti peppullani.

"Itse asiassa nukuin todella hyvin viime yönä, kiitos paljon. Syö nyt, nälkäinen mies!"

Istumme vierekkäin, kosketamme kevyesti ajoittain.

Otin sormen ja vedin sen pannukakkuni peittävän kermavaahdon päälle ja nuolin sitä hitaasti pois, katsoen sitä koko ajan.

Näin hänen pyörivän ja tiesin, että olin lähestymässä häntä.

Michael yritti kuitenkin piilottaa sen.

Otin yhden makkarapalani ja aloin imeä siitä mehua.

Nautin jokaisesta houkuttelevasta hetkestä kiusoitessani häntä.

Tätä jatkui vielä muutaman minuutin, kunnes Michael ei kestänyt sitä enää.

Michael nousi seisomaan ja käänsi minut jakkarallani, jotta hän voisi seistä jalkojeni välissä ja katsoa syvälle silmiini.

Näin, että hän oli hyvin innoissaan.

Hänen erektionsa pullistui ulos pyjamahousuistaan ja hän oli tulossa yhä lähemmäs nyt märkää pilluani.

Hän alkaa nostaa kätensä kasvoilleni.

Luulin, että hän aikoi työntää hiukseni korvani taakse, kuten hän yleensä tekee ennen kuin suutelee minua.

Olin yllättynyt, että hän jatkoi eteenpäin.

Kumartuessaan hän ottaa pannukakkuistani kermavaahtoa ja tuo sormenpäänsä suulleni.

"Avaa se", Michael vaatii.

Hän on helvetin kuuma, kun hän on hallitseva.

Avaan suuni ja hän liu'utti sormeaan.

"Itse nyt." Hän jatkaa kovalla äänellään.

Teen kuten hän käskee ja aloin nuolemaan ja imemään hänen sormeaan.

Se maistui makealta.

Michael juoksi toista kättään ylös ja alas reiteeni.

Hän tuli yhä lähemmäksi yhä tuskallisempaa naisellisuuttani.

Hän laittaa sormeen lisää kermavaahtoa.

Tällä kertaa laittamalla sen korvani alle, sitten hän nuoli sitä ai-niin pehmeällä kielellään.

"Nosta kädet". Michael kertoo minulle.

Teen taas mitä hän vaatii.

Sitten hän vetää paitani käsistäni ja heittää sen sivulle jonnekin.

Jättää minut täysin paljastuneeksi.

C-kupin rinnani ovat nyt paljaat ja nännit kovettuvat, kun kattotuulettimen viileä ilma hyväilee niitä.

Hän jatkaa kermavaahdon laittamista solisluuni, jossa minulla on tatuointi pikkulintuista.

Sitten hän nuolee kermavaahtoa ja suutelee sitten jokaista lintua.

Tämä saa minut hymyilemään.

Sitten Michael siirtyy alas pirteän valkoisten rintojeni luo.

Hän viettää aikaa kiusaamalla jokaista nänniä, nuoleen ja imeen peräkkäin.

Hänen suunsa rinnoillani tuntuu hienolta, ja aloin voihkia, kun hän puree niitä varovasti.

Hän hieroo edelleen varovasti käsiään sisäreiteilleni, mikä saa minut hanhenlihalle koko vartalolleni.

Sitten hän tarttuu minuun vyötärön ympäriltä ja nostaa minut tiskille.

Hän on täytynyt siirtää lautastani jossain vaiheessa, en edes huomannut sitä.

Sitten hän laittaa kermavaahtoa takaisin sormeen.

Hän antaa minulle pehmeän, lempeän suudelman.

Huuhdan ajatellen, minne hän on menossa sormellaan tällä kertaa.

Sitten hän liukuu sen hitaasti kuumaan pilluani.

Hän kuitenkin vitsailee tämän pelin kanssa.

Vaatii kaiken sisäisen voiman olla menettämättä hallintaa.

Mutta lopulta antauduin hänen rytmiinsä ja annoin hänen yksinkertaisesti masturboida pilluani.

Pujotan käteni hänen hiuksiinsa, kun Michael jatkaa kielensä tunkeutumista suuhuni.

Alan purra ja vetää hänen alahuuliaan.

Kuulen hänen valittavan.

Michael liukuu toisella sormella ja alkaa pumpata niitä nopeammin ja käyttää peukaloaan työstääkseen klitoistani.

Tämä on uskomatonta!

"Michael! Se tuntuu niin hyvältä. Joo... Jatka samaan malliin." rukoilin häntä.

Otan yhdestä kädestäni ja seuraan hitaasti hänen kaulaansa, olkapäätään, rintaansa sormenpäilläni.

Jatka käteni jäljittämistä siihen suuntaan.

Sitä seksikästä polkua pitkin, joka johtaa minut siihen paikkaan, jota rakastan!

Irrotan hänen pyjamanhousuistaan kiristysnauhan ja vedän hellästi, kun ne putoavat lattialle.

Michael tulee ulos heistä ja potkaisee heitä.

Alan hapuilla hänen täydellistä persettä.

Kuljen kynteni hänen selkäänsä pitkin ja menen takaisin alas löytääkseni onnellisen polun uudelleen.

Tällä kertaa seurasin häntä koko matkan ja kiedoin pienet käteni hänen suuren kovan kalunsa ympärille ja aloin pumpata sitä.

Mitä nopeammin pumppaan hänen lihava jäsenensä, sitä nopeammin hänen sormensa työskentelevät pilluani.

" Cristina olet niin vitun seksikäs. Tiedätkö sen oikein?" Hän sanoi, kun jatkoimme suudella ja kun hän jatkoi naimista ja leikkimistä klitilläni.

"Joo, olen alkanut uskoa siihen. Mutta saat minut tuntemaan oloni seksikkääksi." Tunnustin, kun yritin viivyttää orgasmia, jonka tunsin kasvavan sisälläni.

Michaelista tuntui kuin olisin tulossa, kun hän veti nopeasti sormensa pois ja hautasi kasvonsa kuseeni saaessaan orgasmin.

Hän imi klissiäni lujasti ja työskenteli kielellään huulillani.

Kun aloin kumartaa, hän jatkoi minusta vuotaneiden mehujen nuolemista.

Pidin hänen päänsä kiinni pitäen häntä paikallaan kusessani huutaessani hurmioituneena.

Hän jatkoi nuolemista ja imemistä, kun ruumiini alkoi kiemurrella, kun nautinnon aallot huuhtoivat kehoni yli.

LUKU III

Kun kehoni alkoi rauhoittua, Michael katsoi minua pilke silmissä ja leveä hymy kasvoillaan ja sanoi:

"On minun vuoroni!"

Michael tarttui minuun vyötärön ympäriltä ja veti minut pois tiskiltä.

Varmista, että olen vakaasti jaloillani, ennen kuin istun jakkaralle.

"Se olisi minun iloni, sir!" Sanoin tyytymättömästi, kun aloin vajota polvilleni hänen ylitse.

Pidin hänen valtavaa kaluaan pienessä kädessäni ja sitten muistin kermavaahdon.

Mielestäni hän tarvitsee kostoa aiemmasta pelistä.

Nousen ylös ja hän tarttuu minuun.

"Minne luulet olevasi menossa?" Hän kertoo minulle.

"Päätin, että minulla on nälkä muutakin kuin vain munaasi." Vastasin hymyillen, kun hän etsi kermavaahtoa lautaselta.

"Ooooohhhh, tästä tulee sietämätöntä ja ihanaa samaan aikaan. Olet niin tuhma." Michael vastasi nojaten takaisin tiskiä vasten.

Sitten laitoin kermavaahtoa hänen suuhunsa ja suutelin häntä hellästi ja nuolin hänen muita huuliaan.

Sitten laitoin hänen nänneihinsä ja imetin niitä.

Siirtyessäni iloiseen tapaan laitoin hänen napaansa ja nuolin sen puhtaaksi.

Otin sitten lisää kermavaahtoa ja laitoin sitä koko polun pituudelta, mikä toi minut onnelliselle paikalleni!

Aloin hitaasti nuolla häntä edestakaisin, ylös ja alas, kunnes löysin itseni hänen suuresta kauniista kukkosta.

Tähän mennessä Michael jo voihki ja potki minua, mutta en ole vielä valmis hänen kanssaan.

Otan hieman lisää kermavaahtoa ja laitan sen kevyesti hänen kukkonsa kärkeen ja pohjaan.

Jätän hänet sinne, kun pidän hänen pallojaan ja aloin nuolla niitä pois.

Imeen jokaista palloa, kun katson hänen katsovan minua.

Näen hänen silmistään, että häntä on kidutettu tarpeeksi, joten en ole enää ilkeä.

Lopulta kiinnitän huomiota siihen, mitä hän halusi minun tekevän, mitä hän pyytää minua silmillään.

Alusta alkaen otan koko kermavaahdon suuhuni yhdellä isolla nuolella.

Sitten kiedon suuni hitaasti hänen ympärilleen ja otan suurimman osan jäsenestä suuhuni ensimmäistä kertaa.

Sitten aloin imemään päätäni yksin, jonkin aikaa.

"Vitut kulta! Olet liian hyvä minulle! Suusi on upea!"

Michael pystyy tuskin puhumaan ennen kuin otan hänet suuhuni, koko jäsenen, taas.

Joten aloitan hyökkäyksen hänen isoa kukkoaan vastaan.

Imeminen ja nuoleminen hänen iso kalunsa yhä uudelleen ja uudelleen.

Olen säälimätön, vien hänet orgasmin partaalle ja sitten lopetan.

"Mitä sinä teet? Olin melkein perillä! Älä lopeta." Hän sanoi palavin silmin.

"En vain tiedä, onko minulla enää nälkä. Sinun on anottava minua, jos haluat minun lopettavan." Selitin samalla liikuttaen kevyesti kieltäni hänen kukkonsa kärjessä. "Haluatko lisää?"

"Kyllä, haluan sinun imevän isoa rasvaa kukkoani, kunnes saat minut kumartamaan, ja sitten haluan sinun juovan minun kummutustani ja nielevän jokaisen pisaran!" Hän määräsi.

Sitten hän jatkoi hiljaa:

"Ole kiltti ja kiitos!"

"Okei, koska sanoit niin kauniisti, annan sinulle mitä haluat."

Joten aloin imeä hänen munaa uudelleen.

Olin laskeutumassa hänen palloihinsa, koska se sai minut suuttumaan.

Olin hyvin ylpeä siitä, että olin onnistunut hillitsemään pahoinvointia ja ladannut takaisin hänen isoon kaluonsa.

Michael nousi seisomaan ja piti päätäni ja tunsin hänen hakkaavan kurkkuni takaosaan, kun hän nai kasvojani.

Tartuin hänen takamukseensa ja pidin kiinni, kun hän meni yhä nopeammin.

Tunsin sen alkavan turvota suussani.

Tiesin, että hän oli valmistautumassa räjäyttämään lastinsa, joten pidin tiukasti kiinni.

"Oohhh, kyllä, vittu Cristina!" Hän huusi, kun hän lensi kuormansa suuhuni suurella voimalla.

Kun otin kaiken hänen kuminsa ja nielin sen, Michael murisi ja käski:

"Se on totta, ole hyvä tyttö ja niele se kaikki kulta"

Hän pumppasi vielä muutaman kerran, kun hänen viimeinen cum tihkui suuhuni odottamassa hänen julkaisujaan.

Hän nosti minut jaloilleni.

Ajattelin itsekseni, että se oli hyvin tehty suihinotto.

Olen varma, että pidit siitä paljon.

Michael kallisti päätäni ylös ja suuteli minua hellästi ja hieroi kevyesti selkääni ja olkapäitäni.

Sitten hän löi minua voimakkaasti perseeseen ja sanoo:

"Olet erittäin huono tyttö, pilkkaat minua kuten sinä. Mutta en haluaisi sinua millään muulla tavalla."

"Sanon sinulle saman, kulta. Minä rakastan sinua." Kuiskasin hänen korviinsa samalla kun hieroin kutinaa peppuani. "Aion lopettaa aamiaisen."

Sitten suutelin häntä poskelle ja lopetimme aamiaisen.

LUKU IV

Näin se on ollut useimmat päivät, kun olemme olleet yhdessä.

Olimme leikkisä ja rakastimme vitsailla toisillemme.

Mutta voimme olla myös vakavia ja hellävaraisia.

Mielestäni monipuolisuus ja hauskuus tekevät upeasta parista.

Ainakin minun rajallisen kokemukseni perusteella se näyttää toimivan meidän välillämme.

Myöhemmin samana päivänä Michael ja minä menimme ravintolaan valmistautumaan työpäivään.

Olin pilvissä.

Ensin edellisen illan helvetistä ja nyt leikkisästä aamusta.

En voinut muuta kuin hymyillä.

En ole koskaan ollut onnellisempi elämässäni.

Päivällisruokien valmistuksen jälkeen oli aika esitellä tarjoilijoille illan menu.

Kun menin ulos ruokasaliin, pysähdyin.

Siellä pöydässä muun henkilökunnan ja omistajan kanssa istui uusi tarjoilija.

Hän oli pitkä, ja urheilullisesta rakenteestaan voisin sanoa, että hän piti erittäin hyvää huolta itsestään.

Hänellä on tummansiniset silmät, jotka muistuttavat merta, rubiininpunaiset huulet ja pitkät kiharat vaaleat hiukset.

Tunsin itseni punastuneeksi välittömästi.

Minun piti ryhdistäytyä, jotta voisin kertoa heille illallismenusta.

Kun hän selitti henkilökunnalle erilaisia ruokia ja kun he ottivat kaiken sisään, hän yritti olla katsomatta uutta tarjoilijaa.

oli niin kuuma nähdä hänen laittavan ruokahaarukkaani suuhunsa ja katsoa hänen nauttivan siitä.

Minua veti hänen suuhunsa ja tapa, jolla hän nuoli huuliaan muutaman pureman jälkeen.

Tapa, jolla hän sulki silmänsä, voihki hieman ja kallistaa päätään taaksepäin, oli erittäin kuuma.

Oli melkein kuin hän olisi yrittänyt olla seksikäs tarkoituksella.

Lopulta he olivat kokeilleet kaikkea ja pystyivät keskustelemaan asiakkaiden kanssa tämän illan menusta omakohtaisesti.

Hän ei päässyt ulos paikan edestä tarpeeksi nopeasti.

Joten menin ulos takaovesta jäähtyä hieman sen jälkeen... jälkeen... no, olipa se sitten mikä tahansa.

Päätin vain harjata sitä hieman pois.

Ehkä se johtuu vain hormoneistani tai jotain.

Se ei ole iso asia.

Menin sitten takaisin sisään aloittaakseni kiireisen palvelumme.

En malttanut odottaa, että pääsen ulos tapaamaan tavanomaisen joukon ystäviä ja työtovereita ravintolassa illalliselle.

Hänen hermonsa olivat pinnalla ja hänen piti levätä.

LUKU V

Illan päätteeksi Michael suuteli minua ja kertoi minulle, ettei hän menisi ravintolaan illalliselle tänä iltana.

Hänellä on joitain asioita tehtävänä aamulla ja hänen piti mennä aikaisin nukkumaan.

Joten menin ravintolaan yksin.

Se on tyypillinen kuusikymmentäluvun tyylinen ravintola.

Heillä on vinyylilevykone, joka soittaa satunnaista musiikkia.

Ja heillä on parhaat hampurilaiset ja perunat!

Se todella osuu paikalleen pitkän kiireisen yön jälkeen.

Kun saavuin sinne, kaikki oli melko kuollutta.

Siellä oli pari vanhaa miestä, jotka ovat vakituisia täällä, tiskillä juomassa kahvia ja syömässä kakkua.

Yhdessä nurkassa oli teini-ikäisiä, joita en ollut ennen nähnyt.

Sitten oli meidän hullu ryhmämme.

"Hei kaikki!" Huudan heille ovelta, kun näen heidät tavallisessa pöydässämme.

He olivat kaikki siellä.

Michaelin veli Tony, Frankie, kokki toisesta ravintolasta, John, kokki, ja Julia, tarjoilija, molemmat ravintolasta...ja... OMG, se on hän!

Se on uusi tarjoilija.

Miten, miksi, mitä...

En saa edes ajatuksiani loppuun, kun alan tuntea poskieni lämpenevän ja pilluni kihelmöivän.

varmaan kutsui hänet tulemaan.

Tästä tulee mielenkiintoinen ilta.

Katsotaan kuinka tässä käy.

Toivottavasti en ole naurettava.

Ajattelen tätä kaikkea etsiessäni istumapaikkaa.

Sitten uusi tyttö nousee seisomaan.

"Hei, nimeni on Lydia, uusi tyttö. Voit istua vierelleni, jos haluat." Hän kertoo minulle eteläisellä aksentilla ja miellyttävällä hymyllä.

Katson hänen suuhunsa, kun hän puhuu minulle.

Sitten hän tarttuu käteeni ja vetää minut varovasti pöydälle.

"Toki, luulisin. On mukava tavata sinut virallisesti, Lydia. Olen Cristina." Kerroin hänelle.

Joten liukuin isoon kulmakaappiin, jossa Lydia istui ja hän istuu vierelläni.

Michaelin veli Tony on oikealla puolellani ja Lydia vasemmalla puolellani.

Frankie, John ja Julia ovat edessäni.

Tilasimme kaikki ruokamme ja juomamme.

Lydia kertoo meille hänestä.

Hän on jostain etelästä, mikä näkyy hänen aksentistaan.

Hän muutti tänne päästäkseen pois pienestä kylästään, joka oli täynnä hänen henkilökohtaisen elämänsä kiireisiä kiinnostuksen kohteita.

Hän ei pidä siitä, että ihmiset tietävät kaiken hänen asiansa, hän sanoi.

Sitten hän laittoi heti kätensä jalkani päälle ja puristi sitä, mikä tietysti sai minut hiipimään.

Mitä hän yrittää sanoa?

Minusta tuntuu, että tässä on piilotettu viesti jossain.

Puhumme työstä ja elämästä yleensä.

Sitten Frankie alkaa kertoa meille hauskan tarinan tytöstä, jonka kanssa hän seurusteli äskettäin, mikä meni pahasti pieleen.

Kun Frankie kertoo tarinansa, Lydia alkaa hieroa kättään jalkaani vasten.

Ylös ja alas pikkuhiljaa lähemmäksi sisäreiteeni ja sitten lähemmäksi nyt märkää pillua.

Voi luoja, hänen kosketuksensa tuntuu niin hyvältä.

Katson ympärilleni ja katson, huomaako joku mitä he tekevät, mutta eivät huomaa.

Luojan kiitos.

Mutta miten voin tuntea tältä?

Rakastan Michaelia ja luulin, etten pidä naisista.

Mutta hän saa minut niin kuumaksi juuri nyt.

Kuvittelen häntä jatkuvasti sängyssäni, suutelemassa minua... nuolemassa minua...

"Vau! Tämä kaikki näyttää niin hyvältä kaverit. Olette kaikki löytäneet paikan helmen!" Lydia sanoo keskeyttäen ajatukseni ruoan saapuessa.

Helpottunut, että ruoka on täällä, aloin syömään hampurilaistani ja perunoitani.

Toivon, että Lydia jättäisi minut rauhaan.

Näin ei kuitenkaan ole.

Vaikka hänellä ei ole enää kättä jalkani päällä, hän nuolee mehua ja suolaa sormistaan hyvin hitaasti.

Huomaan, että Frankie ja Tony katsovat häntä.

Tarkoitan, että tyttö imee ja tekee sormiruokaa.

Hän näyttää meille, että hänellä on hulluja imemistaitoja, ja nyt ne ovat ilmeisiä.

Hän saa minut niin hajamieliseksi ja innostuneeksi.

Voin tuskin syödä ruokaani.

Lopulta kaikki ovat valmiita ja Frankie yrittää saada Lydian lähtemään mukanaan.

Mutta Lydia torjuu hänet etelän viehätysvoimallaan.

Joten hän ja Tony lähtevät, mikä näyttää olevan ärsyttävää sen jälkeen, kun Lydia juuri laittoi esille.

Julia katsoo Johnia, he ovat olleet yhdessä pari kuukautta, ja sanoo:

"Oletko valmis menemään kotiini? Tiedän, että olen!" Hän sanoo selkeä lupaus silmissään.

Sitten he lähtevät yhdessä.

"No, Lydia, minä menen kotiin. Oli mukava hengailla kanssasi. Sinun pitäisi palata luoksemme . Minusta olit menestys!" Kerroin hänelle.

Liikahdan ulos kaapista ja suuntaan ovea kohti.

"Joo, luulen, että tulen takaisin. Kävelitkö täällä? Jos niin, voin kävellä kanssasi. Asun hyvin lähellä, hyvin lähellä ravintolaa, mutta en todellakaan pidä yksin olemisesta tähän aikaan yöstä ." Lydia tunnustaa minulle, kun hän seuraa minua ulos ravintolasta.

Hän näyttää pelottavalta, mutta siellä on jotain muuta, mutta en ole varma mitä.

"Toki, asun korttelin päässä ravintolasta, joten se on täydellinen." Kerroin hänelle.

Sitten hän tarttuu käteeni ja sanoo kiitos.

Kun kävelemme, hän kertoo minulle enemmän perheestään kotona.

Kerron hänelle myös omastani.

Meillä oli aika samanlainen elämä aikuisena.

On todella mukavaa keskustella näistä asioista jonkun kanssa, joka ymmärtää pikkukaupunkielämää.

Kun ajaudumme hänen talonsa eteen, hän päästää irti kädestäni ja kääntyy minuun, kietoi kätensä vyötäröni ympärille ja sanoo:

"No, Cristina, kiitos kun johdatit minut kotiin. On ollut mukava jutella kanssasi ja tutustua sinuun enemmän. Haluaisin kuitenkin tutustua sinuun vielä paremmin."

Sitten hän kumartui ja suutelee minua.

Hänen suunsa on niin pehmeä ja lempeä kuin kuvittelin.

Hänen kielensä tunkeutui suuni, kun avasin sen kutsuakseni hänet sisään.

Se maistuu kirsikoilta.

Menetän itseni suudelmaan .

Hänen kätensä koskettavat persettäni ja työntävät minut häntä kohti.

Mutta palaan nopeasti todellisuuteen ja tajuan mitä olen tekemässä.

En voi tehdä tätä, en Michaelille.

Joten kävelen pois ja sanon hänelle:

"Olen pahoillani, että annoin sinulle jalan tai jotain, mutta minulla on poikaystävä, jota rakastan niin paljon, enkä vain voi tehdä tätä hänelle. Minusta olet kaunis ja todella mukava. Mutta... voin vain t."

"Cristina, olet ihana tyttö, enkä ole yllättynyt, että näet jonkun. Olisin yllättynyt, jos et todellakaan." Lydia vastaa minulle.

En tiedä mitä ajatella.

"Jos tiedät, että olen jonkun kanssa, miksi kiusaat minua?"

Pyydän sinua perääntymään.

"Cristina, huomasin reaktiosi minuun ruokalistan maistelun aikana. Näin sinun katsovan minua ja kuinka punastuit. Sitten annoit minun hieroa jalkaasi ravintolassa."

Hän alkaa hieroa sormellaan huuliani.

Jatka sitten:

"Tiedän, että ajattelit minua. Ajattelit mitä haluat minun tekevän sinulle. Halusit minun suutelevan sinua sillä tavalla."

Sitten hän antaa suukon kaulalleni.

"Haluatko minun koskettavan sinua".

Sitten hän laittaa toisen kätensä peppuni päälle melkein pilluani.

"Haluatko minun nuolevan sinua, tässä"

Sitten hän asetti toisen kätensä kusilleni ja alkoi silittää sitä.

Nautin siitä, mitä hän tekee minulle.

Suutelee kaulaani, leikkii perselläni ja nyt pillullani!

Se tuntuu niin hyvältä, mutta yhtä aikaa ilkivalta ja rohkealta.

"Tiedän, että haluat minut Cristina, ja on okei antaa sen mennä ja antaa sen tapahtua. Tule mukaani. En pakota sinua tekemään mitään, mikä sinusta ei miellytä. Lupaan."

Hän ottaa kädestäni ja minä seuraan häntä.

Tuntuu kuin hänen sanansa loisivat minuun.

Hän pitää minut niin kuumana juuri nyt.
Olen kitti hänen käsissään.

LUKU VI

Menemme hänen asuntoonsa ja hän laittaa musiikkia.

Se oli 30 Seconds to Mars, suosikkibändini!

En voinut uskoa sitä.

Kappale oli "The Kill".

Ääni täyttää olohuoneen.

Suljen silmäni ja aloin keinuttaa edestakaisin sanoituksia kohti.

"Pidätkö tästä kappaleesta Cristina?" Lydia kysyy ja ojentaa minulle lasin valkoviiniä.

"Joo, itse asiassa 30 Seconds to Mars on suosikkibändini!" Sanon hänelle, kun hän istuu vierelleni sohvalle.

Istumme ja juomme viiniämme ja kuuntelemme laulua.

Lydia laskee lasinsa pöydälle ja ottaa sitten omani minulta laittaakseni sen myös pöydälle.

Hän sytyttää pöydällä olevia kynttilöitä.

Sitten hän kiinnittää huomionsa minuun.

Hän alkaa ajaa käsiään olkapäilläni, käsivarrellani ylös ja takaisin olkapäilleni.

Sitten hän tuo sormensa rintaani vasten ja piirtää purppuranpunaisen paitani pääntietä ja suutelee siellä, missä hänen sormensa olivat.

Yhtäkkiä tiesin haluavani häntä enkä mitään muuta tällä hetkellä.

Kurotan hänen leukaansa ja tuon hänen kasvonsa lähemmäs omiani.

Katson hetken hänen syvänsinisiin silmiinsä ja sitten otan hänen suunsa haltuun.

Vitun intohimoisesti hänen kaunista suutaan.

Käteni ovat kietoutuneet hänen hiuksiinsa, kun vedän hellästi.

"Ahhhhh..." Lydia voihkaisee suuhuni.

Lydia alkaa riisua toppiani ja sitten mustia rintaliivejäni.

Hän pysähtyy nuollaakseen jokaista nänni päälläni.

Sitten riisun hänen vaaleanpunaisen T-paidansa ja vaaleanpunaisen pitsirintaliivit.

Jumala!

Hänellä on todella upea kroppa ja täyteläiset rinnat.

Niiden pitäisi olla vähintään D-kuppi, ehkä kaksinkertainen D.

Otan hänen notkeat rinnat suuhuni ja imen hänen nänniään.

Nipistän toista, jotta hän ei tuntisi itseään syrjäytyneeksi.

Kun työskentelen hänen rintojensa parissa, hän alkaa avata farkkujaan ja sitten hän avaa minun.

Päästän irti hänen rinnoistaan ja Lydia työntää minut sohvalle.

Se salpaa minut, hän näyttää niin seksikkäältä!

En voi uskoa, että tätä tapahtuu.

En voi uskoa, että tunnen tätä voimakkaasti häntä kohtaan.

Lydia laittaa sormensa vyötärölleni ja vetää housuni alas.

Yritän auttaa häntä, yrittäen potkia heitä.

Lopulta hän vetää ne jaloistani irti.

Makaan hänen sohvallaan täysin alasti mustaa stringiäni lukuun ottamatta.

Hän nostaa jalkani ja alkaa imeä vasemman jalkani varpaita.

Sitten hän suutelee tiensä jalkaani, sisäreiteeni ylöspäin.

Sitten se alkaa takaisin varpaistani oikealla jalallani ja kulkee jalkaani ylöspäin sisäreiteeni.

Pehmeät ja lämpimät suudelmat lämmittävät ihoani.

Hengitän raskaammin kuin ennen.

Tunnen kookoksen tuoksuisten kynttilöiden tuoksun, jotka sytytit aiemmin.

Rakastan rannan tuoksua ja nyt se muistuttaa minua hänen merensinisistä silmistään.

Katson häntä ja hän katsoo minua tarkkaavaisesti jättäen suudelman jäljen kalpealle iholleni.

Kun hän pääsee pillulleni, hän nuolee ensin ulkohuuliani molemmin puolin.

Sitten hän vetää remmiani sivulle ja siirtää kielensä turvonneen klitorikseni yli.

Hän tekee sen yhä uudelleen ja uudelleen.

Menee nopeammin ja nopeammin.

Sitten hän upottaa kielensä sisähuuliani ja alkaa nuolemaan.

Hän ottaa mehut, jotka ovat jo läsnä märässä pillussani.

Sitten hän alkaa taas imeä klilistani.

"Vittu Lydia! Voi luoja, se tuntuu niin helvetin hyvältä kulta" Sanon hänelle hengitysten välillä.

Kurotan alas ja laitan käteni hänen hiuksiinsa ja leikin tissilläni vapaalla kädelläni.

Mutta hän ottaa käteni ja asettaa ne kummallekin puolelleni ja jatkaa imemistä ilman, että se jää väliin.

Hän on hallitseva ja säälimätön, ja se saa minut vieläkin enemmän syttymään.

Hän jatkaa imemistä ja nyt hänen sormensa työskentelevät märän kusipääni parissa.

En tiedä kuinka paljon voin kestää ennen kuin saan orgasmin.

"Voi luoja !" Huudan, kun kehoni alkaa täristä.

Lydia yrittää tarttua käsistäni, kun liikun hänen näppärän suunsa alla.

"Okei, anna mennä. Älä odota ja löydä vapautuksesi." Hän rohkaisee minua.

Hänen sanansa olivat ne, jotka minun piti kuulla, ja annoin irti.

Hän vapautti käteni ja piti persettäni, kun hän jatkoi pilluni syömistä.

Aloin tulla hyvin vahvaksi.

Kehoni kouristeli.

Ekstaasin aallot alkoivat tunkeutua ylitseni.

Kelluin yhä kauempana todellisuudesta.

Kunnes sain loppuun uskomattoman orgasmin, jonka olen koskaan saanut elämässäni.

LUKU VII

Kun sain hengitykseni, Lydia suuteli minua pitkin vartaloani ja vietti aikaa tissilleni.

Sitten hän meni ylös ja jatkoi suutelemistani suulle.

Saatoin maistaa mehuni hänessä.

Se maistui niin makealta sekoitettuna hänen kirsikkahuulikiiltoonsa, että minusta tuntui, että se olisi siellä hänen päällänsä. nyt.

Sekoittavien kynttilöiden tuoksu sai minut jälleen innostumaan.

Otin hänestä kiinni ja käännyin niin, että hän oli allani.

Suutelin häntä lujasti, puren ja vetäen hänen alahuultaan.

Tämä sai hänet voihkimaan.

Hän nosti kätensä kasvoilleni ja hieroi poskeani peukalolla.

Se oli niin suloinen ja sai minut hymyilemään.

Katsomme hetken toisiamme silmiin.

Joten aloin suudella hänen korvaansa.

Nappaa ja imee kevyesti korvalehteään.

Hän alkaa hyräillä.

Pidin hänen tekemästään äänestä, koska hän pitää siitä, mitä teen.

Aloin liikkua ja suudella häntä alas hänen kaulaansa, hänen solisluun poikki ja rintaan asti.

Hän leikkii hiuksillani.

Nuolen hänen valtavien rintojensa väliä ja ihailen hänen tuoksuaan kuten minäkin.

Sitten jatkan alas hänen napaansa.

Hänellä on tiukka vatsa ja upeat vatsat.

Nuolen hänen napaansa ja pistän kieleni sisään.

Sitten lähden liikkumaan etelämmäksi.

Suutelen hänen lantiotaan ja sitten pientä laskukaistaa, joka johtaa hänen märkään pilluansa.

Hengitän syvään ja hän tuoksuu niin hyvältä.

Hänen huminansa kovenee, kun nuolen ensimmäistä kertaa tämän naisen pillua.

Hän maistui makealta kuin persikka.

Katsoin ylös nähdäkseni, nauttiko hän siitä, ja hänen silmänsä olivat kiinni, hänen suunsa auki, ja tajusin, että hän huohotti.

Näyttää siltä, että hän nauttii siitä.

Nuolen ja tutkin hänen pilluaan kielelläni.

Löydän hänen klisonsa ja pyyhkäisen kielelläni sitä nopeasti ja aloin sitten imeä sitä.

Lydian kädet menevät heti päätäni vasten, kun hän viittasi minua jatkamaan.

Joten imetän hänen klitistänsä.

Sitten liu'utan sormen hänen pilluansa.

Se on erittäin tiukka.

En voi olla ihmettelemättä, onko hän koskaan ollut miehen kanssa ennen.

Työskentelen hänen pilluaan, kunnes löysän sitä hieman, ja liu'utan sitten toisen sormen sisään.

Jatkan imemistä ja nuolemista hänen klitoistaan naittaessani häntä sormillani.

Laitoin sitten peukaloni hänen tiukkaan perseen reikään ja aloin hieroa sitä.

Tätä jatkuu jonkin aikaa ja aloin tuntea hänen tärisevän.

Tiedän, että hän on lähellä, joten aloin todella pumppaamaan sormiani sisään ja ulos hänen kireästä pillusta nopeammin.

Ime kovemmin hänen klitistään ja hieroin hänen persettä nopeammin.

Hän pitää pääni tiukemmin ja alkaa työntyä lantioonsa kovettuessaan.

Hänen mehunsa alkaa tihkua hänestä ja otan suuhuni niin paljon kuin saan.

Hän alkaa tulla alas orgasmistaan, joten hyväilen hänen vartaloaan kevyesti, kun hän alkaa kiemurtelemaan.

Minä pysähdyn.

Nostan käteni ja suutelen sitä.

"Se oli upea Lydia! Rakastin nähdä sinun tulevan tuollaisena!" Minä kerroin.

"Oletko varma, ettet ole kiinnostunut naisista? Varmaa on, että osaat käyttää tuota suutasi!" Hän kysyi minulta.

"Ei, en ollut kiinnostunut. Mutta toivottavasti se ei ole myöskään viimeinen kerta, kun teen sen!" Kerron hänelle naurava hymy kasvoillani hänen mehunsa kanssa.

"Toivottavasti ei myöskään. Haluan sinun tekevän sen minulle monta kertaa!" Lydia sanoi tyytyväisenä hymyillen.

LOPPU